El Club de los Secretos

Título original: The Secrets Club. Alice in the spotlight

El club de los secretos. Alice bajo los reflectores

Primera edición en México, marzo de 2014
Edición original en lengua inglesa publicada por primera vez
        por Penguin Books Ltd, Londres
Copyright del texto © Puffin Books, 2012

El autor ha suscrito sus derechos morales
Todos los derechos reservados

D.R. © 2014, Chris Higgins
D.R. © 2014, Ediciones B México S. A. de C. V.
        Bradley 52, Anzures D.F. 11590, México

        www.edicionesb.mx
        editorial@edicionesb.com

        ISBN 978-607-480-546-8

Chris Higgins

El Club de los Secretos

Alice bajo los reflectores

blok

B DE BLOK

Estoy muy nerviosa porque voy a empezar la secundaria.

¡Yo, la tímida y ordinaria Alice Grimes, voy a ir a la Academia Riverside para niñas!

Me preocupa que no pueda con el nivel de la escuela, no pertenecer a los equipos deportivos o que nadie quiera ser mi amiga.

Pero a lo que más le temo es a que averigüen mi secreto...

Tengo algo que ocultar, ¿sabes? Algo que no quiero que sepan las niñas de la Academia Riverside...

¿Has tenido un secreto?, ¿algo que consideras que sólo tú debes saber?

Si lo tienes, he descubierto que es mucho mejor compartirlo con alguien. Alguien en quien confíes.

Para eso son las amigas.

Capítulo I

—¿**Lista, Alice?**— Pregunta mamá.

Aunque sabe que lo estoy. De hecho lo estoy desde hace seis semanas. He estado lista desde el primer día de las vacaciones de verano, que fue cuando me llevó a la ciudad a comprar mi uniforme escolar.

Pero a mi mamá le gusta estar preparada.

A mí también, aunque a decir verdad, puede que mis cosas estén listas, pero creo que yo no lo estoy. No con convicción.

Me cuelgo la nueva mochila. Está súper pesada. No me sorprende, contiene:

- un libro de ejercicios para cada materia, perfectamente forrado y etiquetado.
- un cuaderno de notas.
- un diccionario francés de bolsillo.
- un diccionario inglés mucho más grande, con un manual de bolsillo.
- fólderes para las clases de informática y tecnología del diseño.
- un juego de geometría.
- un monedero con dinero para emergencias.
- un estuche para lápices.

Todo nuevo y cuidadosamente elegido por mí.

Dentro del estuche hay lápices nuevos, bien afilados; un sacapuntas, plumas, una goma y plumones nuevos.

Me encantan mis cosas, pero no puedo evitar sentirme culpable al respecto. En especial desde que se las enseñé a Austen y él señaló que no reciclé nada de la primaria.

¡Todo es culpa de Nikki! Quiso venir con nosotros aquel día, para ayudarme a escoger mi uniforme e insistió en comprarme todas esas cosas.

Intenté oponerme: —¡No necesito una mochila nueva! Ya tengo una que es perfecta, un estuche; además de montones de plumas y plumones...

Pero no sé para qué me tomé la molestia. Nikki nunca escucha a nadie.

—¡Esas cosas viejas y maltratadas!— dijo en tono burlón. —¡Nueva escuela, nuevo todo! Por una vez deja de ser cautelosa, Ali... ¡Además yo pago!

Así que eso hizo.

Mi hermana Nikki siempre está dilapidando su dinero. Mamá dice que ahora que está ganando debería empezar a guardar algo para los malos tiempos, pero Nikki no conoce los malos tiempos. Vive una vida permanentemente soleada y su dinero (como el agua) se escurre entre sus dedos hacia el drenaje.

Yo soy lo contrario: muy cautelosa. No puedo cambiar.

Mamá dice que no es porque sea avara, sino porque soy reflexiva, y le gustaría que Nikki pensara un poco más antes de tomar decisiones precipitadas.

Yo pienso en todo. Desde que sentaron a Austen a mi lado, a principios del cuarto año, pienso especialmente en el consumismo y el desperdicio, en el calentamiento global y en salvar al planeta.

Austen se preocupaba mucho por el medio ambiente, así que recientemente yo también. Nuestra maestra nos llamaba "los eco-gemelos".

Papá dice que con Nikki toda nube tiene una zona brillante y con Alice cada zona brillante tiene una nube...

Él quería que yo fuera un poco más relajada, que fuera más como Nikki.

Pero ahora quiere que ella se modere un poco; o mucho. Especialmente, desde anoche.

Nadie creería que somos hermanas. Ella siempre se está riendo, yo casi siempre estoy seria. Aunque en realidad, tenemos un cierto parecido: el mismo cabello oscuro, piel pálida, grandes ojos cafés, pómulos altos y nuestros labios parecen fruncidos.

Puede verse el parecido en la foto escolar de cuando ella tenía mi edad, a pesar de que sus ojos estaban enrojecidos y llenos de manchas.

¡Once años y ya estaba usando maquillaje!, ¡es sorprendente!

Le habían ordenado quitarse el delineador y el rímel, por lo que tenía los ojos irritados por el jabón y, pese a todo, le sonreía a la cámara.

Pero ahora hay que vernos con mucha atención para encontrar el parecido.

¿Sabes?, yo nunca usaré cosméticos porque leí en alguna parte que degradan a las mujeres. Además Austen me dijo que los hacen con productos animales.

De cualquier manera, no puedo soportar nada en la cara. Incluso quito mi cabello con una cola de caballo. Mientras que Nikki utiliza extensiones de cabello, pestañas y uñas postizas, además de una capa completa de maquillaje antes de pensar en salir de casa.

—¡Vamos, "problema"!— me dice papá, que me va a llevar porque es mi primer día.

Siempre me llama "problema" porque no lo soy. Es su tipo de bromas. Llama a Nikki "ángel" cuando pelean y, definitivamente, no es angelical.

Hoy no se hablan y Nikki procura estar lejos de su vista.

—¡Buen día!— dice mamá. Me planta un beso en la mejilla y corre por las escaleras pues debe prepararse para ir a trabajar.

—Ahí vamos— responde mamá.

Llevo mi equipo de educación física en una mano y mi lonchera en la otra.

Espero en el vestíbulo angosto mientras papá saca la camioneta de la cochera.

Mi mochila choca contra la pared. Llevo demasiadas cosas. Quiero sacar todo y acomodarlo de nuevo.

Me duele el estómago, siento nauseas, quiero volver a la cama.

Ya no quiero ir a la escuela nueva.

🔑 Capítulo 2

Detrás se escucha una risita.

—¿Usted acomodó sus propias maletas, señora?— recita Nikki como si estuviera en el aeropuerto.

Está sentada en pijama en el escalón más alto, quitándose pedazos de barniz de las uñas.

—¡Sí, de hecho!— Respondo.

—¿Ya se fue papá?

—Está esperándome allá afuera.

—Bien. ¿Tienes todo?

—Sí— digo.

Aunque no puedo evitar reiniciar un repaso mental.

—Aflójate la corbata.

—¿Por qué?

—Porque pareces una ñoña. Te ves como tu aburrido amigo. Austen.

Estiro la corbata de un jalón.

—Así está mejor— dice. —¡Diviértete!

¿Divertirme? Miro fijamente a Nikki, conteniendo unas ganas repentinas de llorar.

¿Qué tiene de divertido empezar en una escuela nueva en la que casi no conoces a nadie?

Es su culpa. Iré a la Academia para niñas de Riverside yo sola.

Todos mis amigos, incluido Austen, irán a la escuela secundaria mixta local, que está al final de la avenida, a la misma que fue Nikki. Pero mamá y papá pensaron que no era "apropiada" para mí.

—Quiere decir que quieres mantenerla alejada de los chicos, en caso de que resulte como yo— advirtió Nikki burlonamente.

Y mamá respondió: —No, pero Alice es una chica brillante. Es posible que pase el examen de admisión.

—A mí no me dejaron intentarlo, ¿significa que no soy brillante?— Preguntó Nikki con un destello en el ojo.

Mamá aseguró: —¡Claro que eres brillante!

Entonces papá intervino: —Habrías podido ir a la universidad si lo hubieras intentado.

Nikki gritó: —¡No quería ir a la maldita universidad!

Y así siguieron con la discusión.

A mí nadie me preguntó lo que quería hacer. Al final, accedí a presentar el examen de admisión por dos razones:

1. Para hacer felices a mamá y a papá
2. Porque, si por un extraordinario golpe de suerte lograba entrar, ya nunca sería la sombra de Nikki.

Sabía de todos modos que no lo iba a lograr.

Todos, incluyendo a mamá, piensan que soy muy inteligente porque soy "pensativa". Pero tengo que esforzarme mucho para salir adelante.

Pero, para mi gran sorpresa, pasé el examen. Y eso fue todo.

—¡Vas a ir a Riverside!— dijo mamá, loca de contento. —¡No se diga más! Es una gran escuela.

Sé que lo es, ya estuve ahí. Presenté el examen en la gran sala, junto con un centenar de candidatas. Es como la escuela de *Harry Potter*, vieja y con olor a barniz, lo cual me gusta. Tiene duela y techos altos, en los muros hay escudos y tableros con listas de nombres, así como fotografías de las directoras anteriores.

Una parte de mí está emocionada por estar ahí, pero la mayor parte de mí desearía estar en la escuela que está al final de la avenida con mis amigos de la primaria. Con Austen.

—¡Hey!— la voz de Nikki es suave. —¡Vas a estar bien, preocupona!

La miré a los ojos.

—¿Crees?

Es normal que ella diga eso. Mi hermana buena onda, popular y despreocupada.

Su cara está perfectamente lavada. Aún en el estado en el que llegó a casa anoche, no quiso irse a la cama sin hacer su rutina de belleza. Se ve más joven sin maquillaje. Se ve de su edad: 19.

—No te gustaría ir a mi escuela— dice, leyendo mi mente.

—Es un basurero.

—Pero te fue muy bien— reconocí por primera vez.

—Sí, ¿verdad?— dijo sorprendida y al mismo tiempo complacida.

Entonces agachó la cara.

—Dile eso a mamá y a papá.

—Están orgullosos de ti— le aseguro.

Aunque ambas sabemos que no es exactamente la verdad.

Nikki suspira.

—No. Esta mañana no lo están —hace una pausa y dice: —Es mejor que no te detengas. No quieres llegar tarde en tu primer día.

Baja las escaleras y me da un abrazo. Mi hermana huele a perfume, alcohol y cama.

—¡Ahí no voy a conocer a nadie Nik!— susurro, mientras ella me abraza.

—Lo harás pronto. Vas a tener montones de amigas. ¡Todos quieren a Alice!

—¡No, no es cierto!— digo automáticamente.

Pero me anima escuchar que lo diga.

—¿Qué tal si no puedo con el trabajo?

—¡Sí puedes, eres un cerebrito!

—Eso espero...

Pero lo que realmente deseo es ser tan valiente como ella. Nada la asusta.

Papá toca el claxon afuera.

—¡Vamos! El señor sufrimiento te está esperando— dice Nikki.

—¡No quiero!— suplico.

En eso mamá sale del baño y se me queda viendo sorprendida.

—¿Sigues aquí?

Mira a mi hermana y le grita:

—¿Qué haces Nikki?, ¡la estás retrasando!

—¡Como siempre es mi culpa, aunque no lo sea!— se queja mi hermana.

Me empuja suavemente

—¡Anda, pequeña, puedes hacerlo!

Papá vuelve a tocar el claxon y grita:

—¡Alice!

Nikki responde:

—¡Cállate!

Entonces se lleva un buen regaño porque papá sigue enojado con ella.

Anoche mi hermana fue llevada a casa en una patrulla. Estaba haciendo alboroto en la calle, y dijeron que si lo volvía a hacer la iban a arrestar por perturbar la paz pública y pasaría una noche en la prisión.

Mis padres estaban mortificados, al igual que yo. Algunas de las cosas que hace sólo me hacen desear que me trague la tierra.

Sólo de pensar en lo que pasó anoche me encojo. Decido entonces que nadie, de verdad nadie, sabrá sobre mi hermana en la nueva escuela.

♟ Capítulo 3

Cuando llegamos a la avenida Riverside tenemos frente a nosotros billones de carros de los cuales descienden trillones de niñas. Mi boca se seca. Algunas de ellas se ven tan grandes. ¡Tanto como Nikki! Mientras atraviesan las puertas no puedo dejar de notar lo elegantes que son, aún en uniforme escolar, ¿cómo lo hacen?

Tengo que preguntarle a Nikki. Ella sabe de estas cosas.

En ese momento me percato de que sólo las nuevas como yo traen las corbatas apretadas. Aflojo la mía un poco más, no quiero parecer una ñoña.

No estoy bien. Me siento un fraude con mi saco de la escuela. Es demasiado grande para mí. Soy como una niñita que se tambalea mientras camina por ahí con los tacones de su mamá, fingiendo ser grande.

Papá trata de estacionarse delante de las rejas frontales, pero no puede pararse ahí y el auto que está detrás toca el claxon impacientemente. Volteo. Es una mujer en un ostentoso, aunque pequeño, carro deportivo. A Nikki le encantaría.

Papá refunfuña, pero sigue avanzando.

Al final de la avenida se da vuelta a la izquierda y pienso: *sólo sigue manejando papá, a donde sea, no me importa a dónde, mientras sea lejos de esta extraña escuela nueva, con sus paredes altas y sus ventanas largas y estrechas.*

Otra vez siento como si fuera a llorar, ¡aunque yo nunca lloro!

Mi escuela anterior era moderna, cálida y acogedora. La nueva parece una cárcel victoriana.

En mi antigua escuela conocía a todos, en la nueva no voy a conocer absolutamente a nadie.

Pero papá da vuelta a la izquierda, y otra vez vuelta más, antes de que nos demos cuenta, estamos otra vez en la avenida Riverside, esta vez papá ve un lugar en el cual estacionarse. Se detiene, enciende las intermitentes para anunciar que está a punto de echarse en reversa, pero el auto deportivo, que debió dar la vuelta detrás de nosotros, se cuela antes que él.

Papá maldice fuerte y mucho, pero la mujer ni siquiera nos mira; está muy ocupada ayudando a su hija a sacar del auto el montón de mochilas.

Parece adinerada. Puede verse porque usa pantalones de vestir y una chaqueta corta, además de que lleva un collar de perlas en el cuello.

Papá baja la ventana y mi corazón se hace chiquito.

—¡Hey!— dice, —¡usted!

La mujer alza la vista sorprendida.

—¡Ese era mi lugar!

—¿De verdad?— la mujer arquea las cejas —No vi que tuviera su nombre escrito.

—Me estaba echando en reversa.

—¡Lo siento! Pensé que no iba a ocuparlo. Estoy un poco apurada...

—¡Demonios!, ¡todos tenemos prisa!— gruñe papá, cada vez más enojado.

Está actuando como Nikki.

—¡Papá, olvídalo!— murmuro.

La mujer lo ignora completamente.

—Vamos, Melissa. Necesito hablar con la directora antes de que empiecen las clases...

—¡Mamá!, ¡puedo ir yo sola!, ¡no soy inválida!

La chica parada al lado del coche, sin duda, no parece inválida. Es alta y delgada, su largo cabello rubio le llega hasta la espalda, sujeto con dos pasadores súper costosos. Lo sé porque Nikki tiene los mismos.

—Le tengo que explicar todo sobre tu...

La mujer se da la vuelta y ya no puedo escuchar el resto de la oración porque camina decididamente hacia las rejas, con las manos llenas de bolsas. La chica frunce el ceño y la sigue.

—¡Qué sinvergüenza!— grita papá a través de la ventana abierta, para dar el tiro de gracia.

La mujer elegante voltea y lo mira con odio.

—¿En serio?— dice indignada. Luego le grita a la chica, como si quisiera apartarla de nosotros —¡Vamos, Melisa!

¡Nunca podré superarlo! Ni siquiera he puesto un pie en la escuela y esa chica ya debe odiarme, ¡cuando se riegue la noticia todos me van a odiar!

Otro coche empieza a tocar el claxon detrás de él, así que pone en marcha la camioneta que da un tirón hacia delante y se apaga. El auto que está detrás toca a fondo el claxon y papá maldice en voz alta otra vez.

Estoy tan apenada, no sé ni a dónde meterme. No voy a disculparlo porque perdió la compostura, pero creo que sigue enojado por Nikki y lo que hizo anoche. Pero ahora se está comportando tan mal como ella. ¡Peor!

Vuelve a encender la camioneta y yo grito:

—¡Detente, me bajo aquí!

Da un tirón para detenerse. El auto de atrás toca furioso su claxon otra vez y papá asoma la cabeza por la ventana y vocifera obscenidades al conductor.

Ahora todos nos miran, estupefactos.

Me pongo roja, salgo y abro la cajuela para sacar mis cosas. No quiero alzar la mirada, pero escucho los jadeos, las exclamaciones de desaprobación, las risitas e incluso las inesperadas ovaciones silenciosas. Entonces alguien sale del auto de atrás, pasa a mi lado, apartándome, y todos se quedan callados. Es una mujer alta con pelo gris plateado y una espalda muy recta, se detiene frente a la ventana de papá.

—¿Cómo se atreve a hablarme así?— inquiere.

Aunque no grita y se está tranquila, sus ojos son como de piedra. Yo me quedo helada del susto.

—¡Le hablo como se me antoje!— exclama con desprecio papá. —¿Quién se cree que es?

—¡La directora!— advierte. —¿Y quién es usted, si puedo preguntar?

Me quiero morir.

Capítulo 4

Alguien me rescató. Un ángel con cara sonriente, grandes ojos cafés y el cabello recogido en cientos de trencitas pequeñas, cada una con una cuenta brillante azul o amarilla en la punta: los colores de la escuela.

Mientras escucho a papá balbucear disculpas a la directora quiero salir corriendo. Entonces siento un brazo que se desliza entre el mío, escucho una voz tan cálida y reconfortante como el chocolate caliente que dice:

—Vamos, no queremos llegar tarde, ¿me llevo esto?

La chica levanta mi mochila y me conduce suavemente... Me alejo de la voz servil de papá y sigo a la chica mientras atraviesa la escuela. Me siento como si fuera ciega y ella fuera mi fiel perro guía, porque de alguna manera me ayudó a franquear la multitud, a subir las escaleras y atravesar las rejas.

Termino sentada a un lado suyo en el gran salón, entre filas y filas de gente con uniforme nuevo, rodeadas por dos hileras de maestras.

No tengo ni idea de cómo llegue ahí. El techo es alto y abovedado. Desde las paredes, los retratos de directoras anteriores me miran con odio. Me siento a mis anchas en mi lugar, tratando de evadir sus ojos de desaprobación.

La chica voltea a verme y sonríe.

—Es horrible ser nueva, ¿no?— susurra.

Yo asiento porque estoy demasiado asustada para hablar.

Al final del salón hay un estrado. La directora camina hacia él. Todas nos ponemos de pie.

El apellido de la directora es Shepherd. Se presenta y nos da la bienvenida a la nueva escuela, luego cantamos el himno. Luego nos pide que nos sentemos y pronuncia un largo discurso sobre "las nuevas oportunidades", "aprovechar el tiempo" y cómo "el mundo es nuestra ostra, pero depende de nosotros convertir la arena en perlas". Me gusta esta idea, aunque me preocupa que ya me considere demasiado arenosa como para convertirme algún día en una perla valiosa, del tipo de las que usa la mujer que robó nuestro lugar en el estacionamiento.

La chica a mi lado hace bizcos y, aunque estoy nerviosa, debo contener una risita. Me recuerda a Nikki.

—En la Academia Riverside queremos que todas estén completamente involucradas con la vida escolar...— continúa la señora Shepherd.

Y nos cuenta sobre sus equipos de hockey, netball, tenis y atletismo que son todos ganadores de medalla de oro. La chica a mi lado se endereza y pone atención. Apuesto a que en deporte es "medalla de oro". Yo no. Yo soy más de metales oxidados.

Después, la directora menciona varios clubs y actividades en las que podemos participar, incluyendo el consejo escolar que está conformado por maestras y alumnas que ayudan a dirigir la escuela. Eso me suena realmente interesante.

Cuando termina el discurso, la señora Shepherd lee en voz alta una lista de cómo están distribuidas las clases. Tengo miedo de que mi nombre no esté ahí.

Todo esto es un error, yo no debería estar aquí.

Luego me da miedo de que si está, me mire con odio. Así que permanezco sentada, conteniendo la respiración.

Cuando finalmente lee mi nombre, simplemente pasa al siguiente como si ni siquiera se hubiera dado cuenta.

Al final esperamos a que nos llamen nuestras tutoras.

—¿En qué clase estás?— pregunta mi salvadora, con la cara resplandeciente de la emoción.

—Estoy en LW.

Su cara resplandece aún más.

—¡Yo también!— aclama. —¿Podemos sentarnos juntas?

—Trato hecho.— Digo lo más amable que puedo. Aunque, sin querer hago una mueca de oreja a oreja. —¿Cómo te llamas?

—Tasheika Campbell, ¿y tú?

—Alice Grimes.

—¡Allá está nuestra tutora!

Señala a una mujer joven y delgada, de cabello oscuro que le llega hasta los hombros, que lleva pantalones de vestir de corte recto y un suéter de punto, con encaje. Trae un gafete que dice señorita Webb, parece agradable.

—Se llama Linda Webb.— explica Tasheika. —Por eso nuestro grupo se llama LW. Ella también nos va a dar la clase de inglés.

—¿Cómo sabes?— le pregunto con curiosidad.

Encoge los hombros y sus trenzas le cubren el rostro. Me pregunto si podría arreglarme el cabello así.

—Sólo lo sé. Debí leerlo en alguna parte.

Me le quedo viendo admirada. Tiene mucha experiencia.

—Vamos, tenemos que formarnos.— indica.

Sigo a mi nueva amiga a la fila. La señorita Webb me sonríe y yo le devuelvo la sonrisa.

Después de todo, quizá, me guste estar aquí.

🔑 Capítulo 5

La señorita Webb nos conduce entre un montón de corredores a nuestro nuevo salón, señalando cosas mientras pasamos frente a ellas.

Husmeo entre puertas y ventanas: veo filas de niñas con las manos levantadas o escribiendo frenéticamente con la cabeza inclinada, sus maestras paradas al frente. Mientras avanzamos escucho fragmentos de conversación casi imperceptibles, media pregunta por aquí, el final de una respuesta por allá, o el corto y agudo grito de una instrucción.

—Está tan callado...— susurra Tasheika. Sus ojos cafés están muy abiertos por la admiración. —No se parece en nada a mi escuela anterior.

—Ni a la mía.— Comento y siento una punzada al recordar el constante murmullo de conversaciones en mi salón, donde me sentaba con mis amigos en lindas mesas redondas. Austen siempre estaba a mi lado.

—Y ésta es la sala de comidas donde tendrán el lunch.— Señala la señorita Webb con un ademán ostentoso.

—¡La sala de comidas!— se burla Tasheika. —¡Suena tan presumido! En mi escuela lo llamábamos comedor.

—La biblioteca está a su derecha, o debo decir el Centro de recursos para el aprendizaje... más adelante está la sala de deportes... Al frente el salón de cómputo A, el salón de computo B está arriba. Los baños aquí a la izquierda...

La señorita Webb nos conduce.

—¡Jamás sabré donde está cada cosa!— digo alarmada.

—Ni yo— asegura Tasheika.

Pero sé que ella si lo hará así que decido permanecer pegada a ella.

Nos detenemos fuera de un salón. La señorita Webb nos indica que va a decir en voz alta nuestros nombres y debemos formarnos en orden alfabético. Tasheika está muy al principio de la fila, pero yo tengo que esperar un poco más para que me nombren. Entonces la maestra llama a Melissa Hamilton, la chica alta de pelo rubio y largo con los bellos pasadores, la de la mamá elegante, a la que mi papá insultó. Ella se aparta de las que están a la izquierda y se para detrás de mí. Me quedo helada, rezo para que no me reconozca.

Posteriormente, la señorita Webb dice:

—Perfecto, vamos a entrar al salón y se sentarán así en orden alfabético. Ocupen los asientos desde el principio. No deben quedar huecos.

Mi corazón se hace chiquito. Al final, no me voy a sentar a lado de la agradable y amistosa Tasheika. Voy a tener que sentarme con alguien que parece haber tenido una sala de comidas en su antigua escuela, no un comedor; y cuando me dé la vuelta y vea quién soy, me va a odiar.

A menos de que me toque hacer pareja con la chica de enfrente...

Pero cuando veo, ella y la chica de más adelante se están agarrando las manos y diciendo: —¡sí, nos tocó juntas!

Es obvio que son mejores amigas desde la primaria. Hasta se parecen, porque tienen cortes de pelo idénticos y perforaciones en las orejas.

De todos modos, estoy convencida de que no quiero sentarme a lado de un clon.

No puedo zafarme de la presumida. Estoy ahí parada, consumida por la desesperación.

De pronto, alguien dice:

—Disculpe, señorita Webb, ¿puedo ir al baño?

¡Qué pena!

—¿No puedes esperar?— pregunta la señorita Webb, molesta.

—No. Lo siento.

Se trata de Tasheika. No parece avergonzada.

—Apúrate entonces. El resto de ustedes, adentro.

Cuando Tasheika pasa a lado mío me guiña el ojo.

—Apártame un lugar.— susurra. Y me doy cuenta de que estoy sonriendo.

Nuestra fila avanza al salón, que está organizado en hileras de mesas, con asiento para dos personas. Empezamos a ocuparlas desde el frente, según las instrucciones. Los dos clones logran sentarse juntos sin contratiempos. Me siento detrás, en la penúltima banca, al tiempo que aviento mi mochila al asiento de al lado.

—Disculpa— dice la niña de cabello largo. —Me parece que ese es mi lugar.

Su voz es clara y confiada, como si estuviera acostumbrada a obtener lo que quiere.

—Lo siento mucho— le digo. —Se lo estoy apartando a alguien más.

Arquea las cejas, sorprendida.

—No puedes hacer eso.

—Lo sé.— Respondo con voz susurrante.

No sé qué hacer. Lo último que deseo es involucrarme en una discusión, como papá, como Nikki.

—Te puedes sentar conmigo si quieres, dice una voz detrás de nosotras.

Ambas volteamos y nos quedamos viendo sorprendidas al dueño de la voz: un chico de cabello rubio arenoso y pecas que está sentado en la mesa que está detrás de nosotros.

—No sabía que aceptaran niños en esta escuela, dice Melissa.

—No aceptan, desafortunadamente. Soy Danielle.

Nos sonríe de oreja a oreja y entonces me doy cuenta de que él es ella, a pesar de que su cabello está tan corto como el de un chico.

Melissa se sonrosa.

—Lo siento...— murmura.

—No pasa nada— dice Dani alegremente. —No importa.

—Estamos esperando a que te sientes, Melissa.— dice la señorita Webb.

Melissa se hunde confundida en el asiento que está al lado de Dani sin decir palabra.

—¿Señorita, cuál es mi lugar? Tasheika regresa al salón de clases, mirando con inocencia alrededor del salón.

—¡Ay querida, se nos olvidó reservarte un lugar!— excusa la maestra, sonando un poco contrariada. —Ahora todas van a tener que recorrerse un lugar.

—Por favor señorita, aquí sobra un asiento.— Digo, señalándolo.

—No debería...— dice con desaprobación la señorita Webb.

—Melissa debiste sentarte junto a Alice. No les toca a ustedes decidir con quién van a sentarse. Les dije que no dejaran lugares vacíos.

Estoy asustadísima porque la chica suspira ante la injusticia. Abre la boca para defenderse pero...

—¡Ay, no importa!— dice la maestra con impaciencia. —Thaseika vete a sentar junto a Alice.

—Sí, señorita— dice Tasheika, tan dócil como un gatito, mientras avanza por el corredor en mi dirección, con los ojos brillantes.

—¡Funcionó!— gesticula con los labios, de espaldas a la señorita Webb, al tiempo que se sienta a mi lado.

Escucho un gruñido molesto que proviene de la mesa trasera, me es imposible no voltear. Melissa me fulmina con la mirada.

Sin embargo, a su lado, Dani tiene una gran sonrisa.

—¡Alice, date la vuelta!— Me indica la señorita Webb.

Lo hago rápidamente. No me quiero meter en más problemas en mi primer día.

Ya tengo una enemiga y ni siquiera ha llegado el descanso.

Capítulo 6

Antes de venir a la Academia Riverside había muchas cosas que me tenían nerviosa. Hice una "lista de cosas que me preocupan" de mi nueva escuela:

1. ¿Habrá alguien que me hable?
2. ¿Seré capaz de moverme con soltura?
3. ¿Serán todas tan presumidas?
4. ¿Haré nuevas amigas?
5. ¿Podré con las tareas?
6. ¿Me harán burla?
7. ¿Podré trabajar en equipo?
8. ¿Se enterarán de que Nikki es mi hermana?

Nikki encontró mi lista y se burló. Fue respondiendo las preguntas:
—Sí, sí, sí, sí, sí, sí y sí.
Lo que de algún modo me tranquilizó, excepto por las preguntas tres y seis.
Pero cuando llegó a la pregunta ocho se veía ofendida, y dijo:
—¿Te avergüenzas de mí?
En ese momento me sentí muy mal
—¡Claro que no!, ¡es una broma!
Y taché la pregunta. Pero no lo era. En vez de eso debí agregar otra pregunta: ¿Voy a tener enemigos?
Cuando suena la campana para el descanso, la señorita Webb nos recuerda dónde están los sanitarios y la sala de comidas.

Tasheika voltea hacia mí, con la cara llena de emoción:

—¿Quieres ir al baño?

—¡No!

Qué pregunta tan rara... La sorpresa debió reflejarse en mi cara.

—Lo siento, estoy acostumbrada a cuidar de mis hermanos. Entonces ¡vamos!, ¡salgamos y exploremos!

—¡Espérenme!— dice Dani.

—¿Vienes?— le pregunta a Melissa .

Mi corazón se hace chiquito, pero ella no responde.

—¡Como quieras!— agrega Dani alegre y nos sigue a Tasheika y a mí hasta el soleado exterior.

—Vamos a sentarnos aquí.

Nos instalamos en una banca alta y rodeada de pasto desde la que se observa la cancha de la escuela.

Me sorprende ver que Melissa ha decidido unírsenos después de todo. Se sienta a un lado de nosotros al tiempo que Tasheika anuncia:

—Soy Tasheika, pero pueden llamarme Tash.

—Pero Tasheika es muy bonito— me quejo. —¿Por qué lo quieres acortar?

—Es kilométrico.

—Mi mamá odia que los nombres se abrevien...— señala Melissa con su voz fuerte y clara.

Yo me agacho de la vergüenza cuando menciona a su madre. Me odia por haberle causado problemas con la señorita Webb. Me pregunto si ya se dio cuenta de que fue mi papá el que le gritó a su mamá...

Dani suspira:

—Mi nombre es Danielle, pero no se atrevan a llamarme así. Me gusta que me digan Dani.

—Te queda, dice Melissa.

—Sí. Todos piensan que soy niño.

—No, no es así— dice Tash amablemente.

—¡Sí, así es!, ella lo hizo— dice Dani, señalando a Melissa.

Yo también lo pensé, pero mejor me quedo callada.

—Lo siento...— dice Melissa y se vuelve a sonrosar.

—Está bien, no importa. Desearía ser un niño.

—¿Por qué?

—Porque podría jugar futbol.

—Las niñas pueden jugar futbol— señala Tash.

—¡No, aquí no pueden!— gruñe Dani. —¿Cómo terminé en una escuela de puras niñas?

Se ve tan afligida que todas nos reímos y ella también se ríe.

—Quiero jugar hockey.— dice Melissa.

—¡Yo también!— responden a coro las otras dos.

—Y netball.— añade Tash y todas estamos de acuerdo, incluida yo.

Pero la verdad es que soy mala para los juegos y apuesto a que todas ellas son muy buenas.

Siento la mirada de Melissa sobre mí, sin sonreír.

—¿Cómo dices que te llamas?

Tomo aire fuerte.

—Alice.

—¿Podemos llamarte Ali?— pregunta Dani, y dice a continuación, dirigiéndose hacia Melissa. —No me importa lo que diga tu mamá, me gusta abreviar los nombres de mis amigos. Es una prueba de que te agradan.

Las palabras de Dani me hacen sentir reconfortada.

—Si tú quieres.— le contesto.

—¡Genial!— se voltea hacia Melissa. —Y a ti ¿cómo te dicen?

—Melissa.

—También es muy largo. Te voy a llamar Mel.

Melissa se ve sorprendida.

—A menos de que no quieras porque a tu mamá no le va a gustar.— admite Dani.

—No, no es eso. Es que no estoy segura de que a mí me guste.

—¿Qué tal Lissa?— pregunta Tash. —Es lindo.

Melissa lo pronuncia, como si fuera un nuevo sabor al que tiene que acostumbrarse.

—¿Lissa?, nadie me había llamado así nunca.

—¿De verdad? Dani se le queda viendo sorprendida. —Entonces serás Lissa desde ahora.

A la recién rebautizada Lissa parece agradarle.

—Lissa, Dani, Ali y Tash. ¡Suena bien!— dice Tash con satisfacción, y todas estamos de acuerdo.

Respiro profundo y me volteo hacia Lissa.

—Siento mucho haberte metido en problemas con la señorita Webb por el lugar.

—¡Ah, nena, eso fue culpa mía!— Aclara Tash despreocupadamente, como si no fuera nada. —Le pedí a Ali que me lo apartara.

Entonces se dirige a Dani y empieza a hablar de futbol.

Lissa encoge los hombros.

—No hay problema. Creo que me va a gustar sentarme junto a Dani.

Hasta ahí, todo bien. Respiro profundo otra vez...

—Y... también siento el lío de esta mañana.

—¿Qué lío?

—El del estacionamiento.

Se me queda viendo con la boca abierta.

—¿Eras tú? Quiero decir, ¿era tu papá el que insultó a mi mamá?

—Él no es así, es sólo que estaba de mal humor esta mañana— digo rápidamente. —De verdad, lo siento mucho.

Tiene una mirada incrédula. Quiero que me trague la tierra. Aquí es donde todo se descompone. Sabía que nunca iba a ser aceptada...

—También insultó a la directora.— digo desconsolada.
—¡No fue personal.

—¡Oh!

Se queda un poco pensativa y luego, para mi sorpresa, dice con conformidad:

—Padres... ¿no?, ¡qué vergonzoso!

Le sonrío, tímidamente y ella sonríe a su vez. Puede que ella venga de una familia adinerada, pero tengo la impresión de que, de alguna manera, le parece tan aburrida como a mí la mía.

La campana anuncia el fin del descanso, nos ponemos de pie.

—¿A dónde vamos ahora?— pregunta Dani.

—Ciencia.— responde Tash. —Esos de ahí son los laboratorios de ciencia.

—¡Vamos!— grita Lissa y la seguimos con obediencia.

Recorro mentalmente los números de mi lista "Cosas que me preocupan" mientras avanzamos a la clase de ciencia y Tash camina a mi lado. Después del descanso del día uno ya puedo palomear los primeros cuatro.

1. Sí, la gente me ha hablado.
2. Estoy empezando a familiarizarme.
3. No, no todas son presumidas, e incluso cuando lo son (como Lissa), siguen siendo buena onda.
4. Y, cruzo los dedos, ¡ sí, ya estoy empezando a hacer amigas!

Está resultando que la Academia Riverside es más divertida de lo que pensé.

Capítulo 7

Esa noche le hablé a Austen para saber cómo le había ido en su primer día de escuela. Austen Penberthy es mi mejor amigo desde la escuela primaria. Mi mejor amigo, pero no es mi novio. Es alto y delgado, con el pelo rubio y rizado, lentes y una cara linda. Es un defensor de la ecología. Creo que por eso somos los mejores amigos, porque tenemos mucho en común. Somos más concienzudos que la mayoría de la gente. Como mencioné antes, fue él quien me hizo interesarme por el ambiente. Su familia, a diferencia de la mía, trata de salvar al planeta. Cultivan su propia comida, crían gallinas y reciclan todo. Por eso papá lo llama Planetín Penberthy.

—¿Qué haces?— le pregunto.

—Estoy recolectando gusanos para la composta.

—¿Y qué tal te fue?

—Bien. Hay un montón porque ha estado lloviendo.

—Me refiero a la escuela, ¿qué tal estuvo?

—Bien... ¿sabías que las lombrices deben salir a la superficie cuando llueve o si no se ahogan?

—No, no sabía. ¿Hiciste nuevos amigos?

—Mmm... uno o dos.

Siento una ligera punzada. Soy la única amiga de Austen...

—El problema es que morirán si se exponen a la luz del sol...

—¿En serio?— me carcajeo. —¿Qué son?, ¿vampiros?

—¿Qué?

Me siento mal de inmediato.

—¡Oh, no, lo siento! ¡Pobrecitos! ¿Tienen esa condición genética en la que su cabello es blanco?, ¿cómo se llama?

—¿Albinismo? Es la falta de pigmentación...— se detiene. —¿De qué hablas?

—De tus nuevos amigos, que no pueden salir al sol porque morirán.

—Estaba hablando de las lombrices.

Debí darme cuenta. Es difícil apartar a Austen de un tema que le interesa.

Espero a que me pregunte sobre mi día, pero se pone a hablar sobre la importancia que tienen las lombrices en la cadena alimenticia, no sólo porque fertilizan y oxigenan el suelo, también porque los pájaros se las comen.

Generalmente esto me parecería interesante, pero quiero que termine para que pueda contarle sobre Tash, Dani y Lissa. No logro interrumpirlo y al final tengo que irme porque debo hacer la tarea.

Hoy descubrí algo. Las chicas son mejores para escuchar que los chicos.

No puedo esperar para ir a la escuela mañana y volver a ver a mis amigas.

—Papá va a llevarte camino al trabajo.— dice mamá al otro día, en el desayuno.

—¡De ninguna manera!

Mamá me mira sorprendida.

—¡No seas así, Alice! Es un lindo gesto que papá te lleve a la escuela.

—Me las puedo arreglar, gracias.— replico fríamente.

Mamá y Nikki se me quedan viendo. Luego miran a papá, que estudia con avidez la caja de cereal. Luego los tres se miran entre sí.

—¿Qué está pasando?— pregunta mamá con desconfianza.

Papá aparta la vista del cereal y mira su reloj.

—Cielos, ¿ya es hora?— dice poniéndose de pie. Es mejor que me vaya.

—¿Colin?

Mamá lo sigue hasta el corredor, pero es demasiado tarde porque la puerta se cierra detrás de él. Ella regresa con el periódico en la mano.

—¿Qué fue todo eso?— inquirió.

Me encojo de hombros, con la boca llena de pan tostado. No voy a delatar a papá, aunque ayer haya perdido la compostura totalmente. Mamá se volvería loca si supiera lo que hizo. Pero no había manera de que repitiera el número y me arriesgara a que insultara a alguien más.

De todos modos, ya había quedado de verme esta mañana con Tash en la parada de autobús que está a medio camino de nuestras casas. No vivimos tan cerca, a lados opuestos del periférico, pero dijo que cruzaría el puente y me vería en mi lado para que pudiéramos tomar juntas el autobús a la escuela.

Llego ahí temprano, pero ella todavía no aparece, así que dejo pasar un autobús. Empieza a llover. Vuelvo a revisar mi reloj, Tash no aparece. Diez minutos después llega el siguiente autobús, no sé qué hacer.

Si no me voy en éste, el siguiente puede tardar otros diez minutos, llegaría apenas a pasar lista... ¡qué dilema! No me quiero ir sin ella, pero estoy empapada y no puedo llegar tarde en mi segundo día.

¿Me odiará si me voy sin ella?

Puedo ver al chofer preparándose para arrancar...

Salto de un pie a otro en una agonía de indecisión y de pronto la veo precipitarse hacia mí, con las cuentas volando.

Subimos al autobús, le muestra su pase al chofer y se desploma en un asiento, exhausta, al tiempo que yo pago mi boleto.

—¿Por qué tienes un pase?— pregunto, mientras me siento a su lado.

—¡Viajo gratis!— me explica aliviada. —Creí que iba a perder el autobús.

—¿Por qué llegaste tarde?

—Tuve que llevar a Keneil a la guardería.

—¿Quién es Keneil?

—Mi hermanito.

Me pregunto por qué su mamá no lo llevó. Estoy a punto de preguntarlo cuando Tash dice:

—¿Hiciste la tarea de inglés?

—Sí.

—¡Yo también!

Saca el libro de inglés de su mochila y me muestra páginas y páginas de su composición "Todo sobre mí", escrita con una caligrafía impecable.

—¡Escribiste un montón!— le digo admirada.

—Sí, me gusta la clase de inglés; es mi favorita junto con educación física. Me encanta leer y escribir.

Es obvio. Además es una persona tan interesante que debe tener mucho que escribir.

—La mía no es muy larga...— explico titubeante.

—Es la calidad, no la cantidad lo que cuenta.— Me dice Tash con amabilidad, pero no me tranquiliza.

Me siento mejor con materias como la geografía y la ciencia; me encanta leer lo que sea sobre nuestro planeta y cómo funciona. Por eso todo mundo piensa que soy un cerebrito.

Pero en los asuntos de creación no soy tan buena. Anoche me llevó mucho tiempo terminar mi tarea. No podía ni empezar. No hay mucho que decir sobre mí... Comparada con Tash, soy muy aburrida.

Al final mamá me dijo que dejara de preocuparme y que tan sólo escribiera sobre lo que más me gusta. Así que hice notas sobre mi tema favorito y se los leí a mamá y papá. Papá no puso atención porque veía el futbol, mamá dijo que era brillante. Pero es mi mamá, así que no cuenta. No sé si a alguien le pueda parecer interesante.

Capítulo 8

En la clase de inglés la señorita Webb pregunta si alguien quiere pasar al frente y leer "Todo sobre mí" a la clase. Muchas manos se levantan, la mía no.

—Entonces haremos una ronda por todo el salón— dice la señorita Webb. —Así todo mundo tendrá oportunidad. Vamos a empezar contigo.— indica, señalando a Lissa, cuyo brazo es el más alzado.

Lissa lee en voz alta, lo que nos hace a todas poner atención. Nos cuenta que vive con su mamá, su papá y su hermano mayor en una casa grande, que le gusta esquiar y montar a caballo. Su hermano es capitán del equipo de rugby de su escuela. Aprendió a tocar el violín con el método Suzuki y su mamá aprendió junto con ella. También toma lecciones de piano, pero en realidad le gustaría abandonarlas para concentrarse en el deporte, pero su mamá no la dejaría. Su papá trabaja en finanzas, su mamá es ama de casa y pertenece a muchos comités.

—¿Qué quieres hacer cuando termines la escuela, Melissa?— pregunta la señorita Webb.

—Viajar, ir a la universidad, luego dedicarme a algo interesante en la ciudad. En ese orden.— responde Melissa, sin titubear.

La señorita Webb asiente con la cabeza, como si esperara que eso fuera lo que Lissa dijera. Todas aplaudimos educadamente.

Es el turno de Dani. Su mano no está muy levantada, lo que me hace sentir mejor.

Explica que vive con su mamá y su hermana menor porque sus padres se divorciaron. Cuenta que solía ir a partidos de futbol con su papá cuando era pequeña, pero ahora que él se casó otra vez, se mudó y tiene otros dos hijos a los que lleva en su lugar. Cuenta que le hubiera gustado ser niño porque se divierten más.

Todas nos reímos, pero por alguna razón esto me pone un poco triste...

Termina diciendo:

—Cuando crezca quiero ser un futbolista profesional.

Todas nos reímos otra vez, porque no lo esperábamos. También porque es gracioso oír a Dani decir "cuando crezca", pues es muy bajita y se ve muy chica. Pero a Dani no le importa, sólo nos sonríe a todas.

La señorita Webb no se ríe. Dice con mucha seriedad:

—Dani, puedes ser lo tú quieras en la vida, si te lo propones.

Y la sonrisa de Dani se hace tan grande que pareciera que sus ojos desaparecen, al tiempo que todas aplaudimos.

Me agrada la señorita Webb...

Sigue la ronda por el salón, así que conozco más sobre mis compañeras. Algunas niñas suenan realmente presumidas, como Lissa; otras suenan muy maduras, como una que se llama Georgia; algunas más suenan muy listas, como Nisha; pero luego todas empiezan a sonar a lo mismo: los dos clones que se sientan delante de mí se llaman Chloe y Emma y sus historias de "Todo sobre mí" son prácticamente idénticas, lo que no es sorprendente porque ellas lo son.

Para ser honesta se pone un poco aburrido. Después de un rato dejo de oír...

Entonces llega el turno de Tash, quien baila camino al frente y empieza a leer, pero en realidad parece como si nos estuviera hablando, e incluso cantando. Tiene una voz muy bonita: cálida y tersa, aunque al mismo tiempo es vívida, como tu música preferida. Todas nos acomodamos y escuchamos.

—Mi mamá se llama Consuelo...— empieza.

Dani interviene: —¡Qué buen nombre para una mamá!

Todas se ríen, incluso Tash, quien continúa diciendo:

—Y mis hermanos se llaman Marlon, Devon y Keneil. Marlon tiene diez y es un apasionado del futbol, Devon tiene ocho y le gusta practicar break-dance, Keneil tiene tres y lo que le gustan son los dinosaurios, los cohetes espaciales y los robots "Transformers".

—¡Oh!— exclama todo el mundo...

Los ojos de Tash brillan y las cuentas se balancean en su cabeza mientras sigue describiendo a sus hermanos tan bien, que sientes como si estuvieran frente a ti. Las historias sobre sus travesuras nos hacen reír, y a mí desear tener un hermano menor.

Es obvio que los quiere muchísimo.

—¿Y tu papá?— pregunta Dani, cuando Tash hace una pausa. —No lo has mencionado.

Por un instante Tash se ve triste.

—Ya no está con nosotros.

Dani agacha la cabeza porque sabe lo que se siente.

—Entonces háblanos más de tu mamá— dice la señorita Webb con dulzura.

La cara de Tash se vuelve a iluminar.

—¡Mi mamá es increíble! Cuida de todos nosotros y tiene un trabajo increíble: ¡es una cocinera excelente! Hace pasteles fabulosos, no sólo en los cumpleaños sino cualquier día. Y es muy creativa, puede coser y tejer y todas esas cosas...

—¡Qué bien! Es mejor que nos detengamos aquí. Tienes mucha suerte de tener una mamá tan encantadora, Tasheika.— interrumpe la señorita Webb.

Tash responde:

—Sí lo soy maestra.

Todas aplauden.

—¿Y qué quieres ser cuando termines la escuela?— pregunta nuestra maestra.

—¡Eso es fácil!— dice Tash. —Me gustaría ser Alana de Silva.

Hay una gran aclamación y todas comienzan a opinar.

—Alana de Silva es una chica exitosa. Es algo así como modelo-cantante-presentadora de televisión-celebridad de los medios por lo que aparece constantemente en los periódicos y revistas, o en la televisión e internet. Dos años atrás nadie la conocía, ahora está en todas partes.

La señorita Webb abre mucho los ojos y sonríe.

—¡Parece que todo mundo quiere lo mismo!— dice.

Pero entonces algunas, incluyendo a Dani, empiezan a gritar cosas como éstas: ¡Yo no!, ¡Es una tonta!, y así por el estilo.

Cuando Lissa dice:

—¡Es una vulgar!— con una voz muy fresa, Tash se enfurece.

—¡Claro que no, ella es fantástica!

Todo mundo tiene una opinión sobre Alana de Silva que quiere decir en voz muy alta, menos yo.

La señorita Webb grita: —¡Basta! y todas se callan.

—Ahora es el turno de Alice. ¿Quieres ser Alana de Silva, Alice?

Respiro profundo

—No, digo. Yo quiero salvar al planeta.

🔑 Capítulo 9

Les cuento a todas que vivo con mamá, papá y mi hermana mayor, y que quiero proteger el mundo en el que vivimos. Tash me sonríe para animarme. Sabe lo nerviosa que estoy. Empiezo a leer:

—Estoy muy interesada en el medio ambiente. El calentamiento global es un problema que nos afecta a todos.

Alzo la vista y veo a Lissa asintiendo para mostrar su acuerdo y animarme.

—Necesitamos salvar la selva, eliminar el problema de los residuos tóxicos, estar alertas sobre los peligros de la lluvia ácida, considerar fuentes de energía alternativa a los hidrocarburos y proteger las especies más valiosas del mundo.

Rápidamente adquiero ritmo y, de pronto, ya no puedo parar. ¡Se conoce como el efecto Austen! Me siento en mi elemento y estoy a punto de lanzarme a mi tema favorito, contaminación del agua, cuando me interrumpe la señorita Webb.

—Bueno, definitivamente nos has puesto a pensar.— comenta. —Todas han estado escuchando con atención. ¿Alguien le quiere preguntar algo a Alice?

Al principio me complace el efecto que mi plática tuvo en todas. En lugar del estallido que hubo al final de la de Tash, hay una especie de silencio estupefacto, como si todas estuvieran muy impresionadas. Casi todas están inexpresivas, como si estuvieran reflexionando en lo que les dije. Pero, en eso, veo que una o dos niñas tienen los ojos cerrados y caigo en la cuenta de que las aburrí totalmente.

Espero ansiosa que alguien me pregunte. Al final, Dani se apiada de mí:

—No entiendo lo del calentamiento global. ¿Por qué es tan malo que el clima se ponga más caliente?

—¡Sí, a mí me gusta cuando el sol brilla!— dice Georgia.

No sé qué pensar de Georgia. Parece más grande que yo y es muy segura.

—Llueve demasiado en este país— añade su amiga, cuyo nombre aún no conozco, pero que también parece más grande que yo.

—Bueno, es que no es tan simple. Y les doy una explicación detallada del dióxido de carbono y los gases invernadero. Les menciono a los hidrocarburos, el problema de las capas de hielo derritiéndose y los efectos terribles que esto tiene en los pobres osos polares, que es un tema muy triste. Pero, para mi consternación, me doy cuenta de que están bostezando y viendo sus relojes.

—Gracias por una plática tan informativa, Alice.— concluye la señorita Webb. —Ahora, por favor, toma asiento.

—¡Pero no he terminado!— replico.

Entonces veo a Georgia mostrándole los ojos sorprendidos a su amiga y ella responde con una risita, así que me siento rápido.

—¡Siempre queda la hora del lunch!— dice la maestra.

Pero a la hora del lunch de lo único que quieren hablar es de Alana da Silva. Alana de Silva es la chica que todas quieren ser. A menos que seas masculina como Dani, presumida como Melissa, o intelectual como yo. Aunque a otras compañeras de clase, al parecer, les desagrada bastante.

Probablemente es mejor decir que Alana de Silva es una chica que amas u odias. Parece que nadie es neutral con ella.

—Mi mamá no la soporta.— comenta Lissa. Lo que no me sorprende en lo absoluto.

—¡Ni la mía!

—¡La mía tampoco!

Parece que, en general, a las mamás no les gusta, pero a los papás, sí.

—Mi papá no la soporta.— admito, perdiendo cualquier esperanza de tener una conversación sobre las capas de hielo.

—A mí me parece que es bonita— afirma Tasheika, quien es muy guapa también.

—No tiene ni una sola neurona en el cerebro.— supone Lissa con voz aburrida.

—¡No es cierto!— Me lanzo a la defensa de Alana de Silva.

—¿Por qué la defiendes?— pregunta Lissa sorprendida. —Dijiste en clase que no querías ser ella.

—¡No quiero! Pero no es tonta.

—¿Cómo sabes?

Todas me miran, siento cómo me pongo roja.

—Porque no puede ser así— respondo.

—¿Por qué?

Lissa me cuestiona como si pensara que yo soy tonta y me pongo más roja todavía.

—Es lógico. No era nadie y ahora todo mundo la conoce.

—¡Qué gran cosa! Famosa por ponerse en ridículo.

Como todas me miran y esperan que responda, siento un hormigueo en la piel y no sé qué decir.

Dani hace una broma al respecto:

—Bueno, para ser alguien que está en la cima parece que tiene un problema con las caídas.

Todas se ríen.

—Y con que se le caiga la ropa— añade Georgia burlona.

—Y con juntarse con la gente equivocada— apunta Lissa, sumándose a la competencia.

—¡Y con pelearse!— agrega Dani, y todas se mueren de la risa.

Siento que se ríen de mí tanto como de Alana de Silva.

—En este momento ustedes son las tontas— dice Tash con frialdad.

Su tono les quita las sonrisas de la cara.

—Perdón— responde Dani.

—Lo siento— se excusa Lissa. —Nada más que siempre sale en el periódico por tropezar borracha o por enojarse con alguien y pelearse...

Su voz se apaga. Me da la impresión de que no está acostumbrada a disculparse.

—¿Ah, sí?— Tash le responde con una mirada fulminante.

—¡Vamos, Alice!— Dice Tash y se va.

Yo sigo sus pasos.

Tash es muy valiente por defender a Alana de Silva de las demás. Me gustaría ser tan valiente como ella.

Igual que mi hermana Nikki, Tash no le tiene miedo a nadie.

Al salir de la escuela la tomo del brazo antes de que se marche corriendo.

—Gracias— le digo.

—¿De qué?

—Por haberme defendido en el recreo.

—No fue nada.

—Claro que sí. Me gustaría ser tan valiente como tú y defender lo que creo.

—Sí lo defiendes, me mira extrañada. Fíjate en lo que hiciste hoy: hablabas y hablabas y hablabas sobre salvar al planeta.

"Hablabas y hablabas y hablabas." ¿También le aburrió lo que dije?

Entonces me sonríe y entiendo que no lo dice en mala onda.

—De cualquier manera, estaban fuera de control— dice. —Creo que Alana de Silva es genial, ¿no?

Le devuelvo la sonrisa a Tash, contenta de que sea mi amiga.

—Pues no sé. Debo admitir que no me gusta mucho su estilo de vida. Me parece un poco superficial. Es decir, hay cosas mucho más importantes por las que preocuparse que cuáles son los zapatos o la bolsa de moda.

—¡Lo siento, Alice, tengo que irme!— exclama de pronto Tash, mirando su reloj.

Y antes de que pueda mencionar las capas de hielo, ella desaparece.

Capítulo 10

A la mañana siguiente espero a Tash durante un largo rato en la parada del autobús. Al final me subo a uno, por el temor de llegar tarde. Tash debió haber tomado el siguiente porque llega a clase justo antes de que la maestra pase lista. La señorita Webb se le queda viendo, aunque no dice nada.

Me preocupa que Tash esté enojada conmigo porque no la esperé, pero parece no importarle.

Aunque entonces me preocupa que haya llegado tarde a propósito, porque no quería viajar conmigo.

Hoy en educación física jugamos netball. Lo jugaba en mi antigua escuela, aunque no era muy buena. Me doy cuenta de que la señora Waters, la maestra de educación física, nos observa detenidamente, así que me esfuerzo muchísimo, pero no logro darle nunca a la pelota.

Al final de la clase dice:

—Bien hecho, señoritas.

Pero no creo que se refiera a mí porque enfatiza:

—Buen trabajo, Danielle... Bien jugado, Tasheika.

A mí no me dice nada aunque estoy parada junto a ellas...

Las dos son muy buenas en distintas formas: Tash es como una bailarina de ballet saltando por los aires, al insertar la pelota directo en la canasta; Dani es un galgo que recorre velozmente la cancha, siempre está en la mejor posición para recibir la pelota y lanzarla a la siguiente persona.

Lissa también es bastante buena.

Yo no creo ser buena en deporte nunca.

En la siguiente clase de educación física jugamos hockey, que ninguna de nosotros ha jugado antes. La señora Waters nos explica las posiciones y las reglas, también nos enseña algunas técnicas básicas.

—Primero todas vamos a practicar cómo fintar— explica.

Lo cual nos da risa. Aunque no es como piensas: básicamente, se trata de controlar la pelota con el bastón y es más difícil de lo que parece.

Cuando todo indica que tenemos la técnica dominada (excepto yo), formamos parejas y practicamos lazarnos el disco y recibirlo. Practico con Dani que es muy buena, pero a mí se me sigue escapando el disco y tengo que perseguirlo por la cancha.

Después de un tiempo, la señora Waters nos cambia de lugar.

—Me parece que ustedes dos tienen el mismo nivel— dice.

Y junta a Dani con Tash. A mí me pone con Nisha, que tampoco es muy buena.

Al final, cuando la maestra piensa que estamos listos, probamos con una partida corta. Dani sobresale y nos da la vuelta a todas.

—Es muy parecido al futbol— comenta feliz, cuando regresa de anotar su tercer gol.

Al final de la clase la señora Waters nos pide que esperemos en los vestidores.

—Escuchen, todos los días de la próxima semana habrá prácticas a la hora del lunch y después de clases para netball y hockey. Al final de la semana escogeré al equipo de nuestro grado. Si quieren ser parte de un equipo es necesario que sus padres firmen uno de estos permisos y que lleguen a todas las prácticas.

—¿A la hora del lunch y después de clases?— pregunta Tash preocupada.

—La hora del lunch para el netball y después de clases para el hockey— confirma la maestra.

No creo que Tash tenga permiso para quedarse después de clases; me he dado cuenta de que sale volando. Pensé que todos los días íbamos a tomar juntas el autobús de ida y vuelta a la escuela, pero no ha sido así. En las mañanas casi siempre llega tarde, así que ya me dijo que si no llega, no la espere. Al final de las clases sale en cuanto suena la campana. Aunque ya no me preocupa que trate de evadirme, porque en la escuela siempre estamos juntas.

De verdad me agrada Tash, es muy divertida y buena amiga. De todas, es la que mejor me cae. Yo creo que ella también me considera su mejor amiga.

La señora Waters la mira con seriedad.

—No debería importar a qué hora son las prácticas, Tasheika. Si estás comprometida con el equipo encontrarás el tiempo para asistir. Y eso es lo que estoy buscando: compromiso.

—Sí, maestra— replica Tash sumisamente.

Pero a espaldas de la maestra hace una cara, poniendo los ojos en blanco y sacando la lengua de lado como una gárgola, haciéndonos reír.

La señora Waters voltea y ve con recelo a Tash, pero ella le sonríe tan inocente que sólo nos pide apurarnos y cambiarnos, luego se mete a su oficina.

—¿Vas a intentar entrar a los equipos?— me pregunta Tash.

—No estoy segura...

—¡Yo sí!— contesta Dani.

—¿Y tú, Lissa?

—¡Claro!, mi mamá era capitana del equipo de hockey cuando estuvo aquí.— señala.

Trato de imaginarme a la señora Hamilton, vestida inmaculadamente con su collar de perlas y sin un cabello fuera de lugar, corriendo por la cancha de la escuela, sujetando su bastón de hockey.

Entonces Tash revela:

—No quiero jugar hockey, sólo me voy a presentar a las pruebas de netball...

Todas la miramos sorprendidas.

—Pero, deberías— objeta Dani. —Estuviste muy bien.

—¡Vamos, Tash! Sería genial que todas entráramos— añade Lissa.

—No sé...

—¡Por favor, Tash!— suplica Dani, enlazando su brazo con el de ella. —Sin ti no será divertido... y tú también Alice.— añade, por si acaso.

Tash encoge los hombros.

—¡Ay, está bien! De todos modos no creo que me escojan.

Pero sí la escogerán. A las tres. Soy yo la que se va a quedar fuera.

La señora Waters aparece en la puerta.

—¿Siguen aquí ustedes? ¡Muévanse, van a llegar tarde a la siguiente clase!

—Maestra, ¿sabía que la mamá de Lissa jugó hockey representando a la escuela?— pregunta Dani.

—¿Usted le dio clases, maestra?— inquiere Tash, con interés.

La señora Waters alarga el cuello como un avestruz.

—¿Cuántos años crees que tengo Tasheika?

Tash se le queda viendo tratando de calcular. No es fácil adivinar cuando se trata de una maestra...

De hecho, creo que a esto se refería la señorita Webb cuando habló de la pregunta retórica en la clase de inglés. Es cuando la persona que pregunta realmente no está esperando una respuesta.

Por eso, cuando Tash está a punto de abrir la boca para responder, le doy un codazo en las costillas.

—Vamos que llegaremos tarde.

La señora Waters mantiene la puerta abierta mientras salimos.

—Adiós maestra— dice Tash.

—Hasta luego niñas. Nos vemos en la práctica. Espero que el club venga completo, dice con ojos sonrientes.

Todas respondemos a coro:

—¡Ahí estaremos!

—Creo que le caemos bien.— sugiere Tash, frotándose las costillas. Al tiempo que me pregunta por el codazo —¿Por qué lo hiciste?

—Casi metes la pata.

—¿Por qué?

—Diciéndole cuantos años crees que tiene.

Tash me mira asombrada

—Pues ella preguntó.

Lissa pone los ojos en blanco y añade:

—Hay cosas que deben permanecer en secreto, como la edad de las mujeres.

—¿Quién dice?

—Mi mamá.

—Mi mamá no esconde su edad. Tiene 32— replica Tash frunciendo el ceño.

—¿En serio? La mía tiene 38— comenta Dani suspirando

—La mía 45.— admito. —¿Cuántos años tiene la tuya, Lissa?

—No sé, es un secreto.— explica con paciencia. —Pero es mayor.

Tash se ríe burlonamente.

—Con razón la señora Waters se molestó cuando le pregunté si le había dado clases a tu mamá. ¿Por qué alguien querría mantener su edad en secreto? ¿No hay secretos entre nosotras, verdad?— pregunta Tash

Mi corazón late rápido. También Dani y Lissa parecen sorprendidas.

Tash deja de sonreír...

—¡Qué tontería!— dice. —Supongo que todas tenemos cosas que no queremos que nadie sepa.

—¡Yo no!— contesta Dani con rapidez.

—Yo tampoco— añade Lissa.

Todas me miran.

—¡Sin secretos!— digo convencida.

—Tampoco yo.— concluye Tash. —Todo bien.

Nos agarramos del hombro y nos ponemos en marcha para nuestra siguiente clase. Tengo una sensación linda, cálida y placentera. Me gusta estar en este club de cuatro.

Es doblemente mejor que estar en un dúo, como Chloe y Emma, "los clones", que Dani rebautizó recientemente como Chlemma...

Y es cien veces mejor que estar sola, como me imaginé que iba a estar.

Pero, de repente, esa sensación placentera se convierte en un frío bloque de hielo. Acabo de pensar en algo: *si todas se quedan en los equipos y yo no... ya no estaré en el club.*

Capítulo 11

Mi hermana Nikki siempre está fuera. O está trabajando o "echando relajo", como dice mi mamá, que es un concepto gracioso si lo piensas...

De alguna manera su idea coincide con papá, que siempre se queja de que Nikki no para de parrandear, lo cual significa que sale hasta tarde y se mete en problemas.

Pero mis padres siempre le dan una oportunidad, como es comprensible. Especialmente papá...

Esta noche están muy molestos al respecto. Anoche llegó verdaderamente tarde (¡vaya sorpresa!), mamá y papá se quedaron despiertos por horas, preocupados por ella.

—¿Por qué no me mudo y los dejo en paz?— propone Nikki. —Puedo conseguir un departamento.

—No— se opone mamá.

—¡Debes estar bromeando!— dice papá.

—¿Por qué no? Por lo menos podrían dormir bien por las noches.

—No dormiríamos nada— dice papá. —Estaríamos muy preocupados pensando que sales todas las noches para meterte en líos.

—¡Eso es tan injusto!

—No comerías como se debe...— añade mamá.

—¡Claro que comería bien!

—No tienes tiempo para cuidarte a ti misma, Nikki. De todos modos, me preocuparía que estuvieras sola.

—No estaría sola.

—¿Entonces con quién?, ¿estás pensando compartir?

Hubo una pausa.

—Con Greg— Nikki arremete desafiante

—¡Esa basura!— dice papá.

Nikki y él se miran con desprecio.

—¡Pero si lo conociste hace dos minutos!— replica mamá muy asombrada.

—No es así. He estado saliendo con él durante mucho tiempo, pero no tenía caso que les dijera porque nunca les agradan mis novios...

—¿Cuánto es mucho tiempo?— interrumpe papá.

—Tres meses...

Papá pone los ojos en blanco.

—Son los tres meses en que has estado fuera hasta las muy tarde, que llegas a casa alcoholizada, que te sacan del bar por abofetear a alguien y casi te arrestan...

—Ella me pegó primero.

Sin escucharla, papá levanta su mano para señalar con sus dedos las infracciones de Nikki.

—Destrozaste tu auto, chocaste mi camioneta...

—¡Me chocaron!

Ella le baja la mano y lo mira con odio.

—Sabía que él nunca tendría una oportunidad contigo. Tú y tus estúpidos prejuicios.

—Lealtades, no prejuicios. Algo que tú no entiendes. Él te está llevando por el mal camino.

Entonces papá pone su cara cerca de la de ella y repite lentamente, como si le estuviera compartiendo su sabiduría y ella fuera muy tonta para entenderlo

—Es una basura.

—¡Ah!— se rinde Nikki, como si ya no tuviera palabras.

—¡Dile algo mamá!.

—Quizá deberíamos invitarlo, Colin, conocerlo un poco. Si nuestra Nikki va en serio con él...

Papá parece a punto de explotar

—¡Sobre mi cadáver!

—¡No me tientes!— murmura Nikki.

Toma su bolsa y sale, azotando la puerta. Segundos después escuchamos el sonido de su carro rechinando las llantas. Olvidé contar que tiene un auto nuevo: el mismo modelo que el anterior, menos las abolladuras y los rayones.

El de papá todavía tiene las abolladuras y los rayones. No le alcanza para cambiar su camioneta. Nikki cree que ese es el problema: ella se ofreció a comprarle una nueva, pero él se negó rotundamente.

Nikki está forrada de dinero. Le ha ido muy bien desde que dejó la escuela. Está ganando mucho más que papá y sólo se lo gasta en ella.

Papá debería estar orgulloso. Pero no lo está.

Le dice a todos los que puede que yo voy a la Academia Riverside, pero no le dice a nadie en qué trabaja Nikki. Yo tampoco.

Les dije una mentira a mis amigas: sí tengo un secreto, pero no es sobre mí. Es sobre Nikki.

🔑 Capítulo 12

Nikki ha decidido definitivamente que se mudará con Greg. Ya dieron el depósito para un departamento nuevo en un ostentoso conjunto residencial. Solamente que no estará listo sino hasta dentro de unas semanas.

Habrá mucha más paz aquí sin ella y papá peleándose todo el tiempo, con certeza. Al menos siempre pasa algo cuando Nikki está cerca.

Tenemos prácticas toda la semana: a la hora del lunch nos toca netball; después de clases, hockey. El lunes en el descanso Tash propone:

—Vamos a comernos rápido nuestro lunch, para ser la primeras en llegar a netball. La señora Waters le da muchos puntos a la puntualidad.

—¡Buena idea!— digo, sacando mis sándwiches. Necesito toda la ayuda posible para quedar en el equipo. Pero Lissa no está muy entusiasmada.

—¿Por qué no?— le pregunta Tash.

—Prefiero comer mi lunch a su debido tiempo.— responde Lissa con su mejor tono de presumida.

—Es nada más por una semana...— argumenta Dani.

Pero Lissa no accede. Se sienta a un lado de nosotras con aspecto molesto mientras comemos nuestros sándwiches.

Otro día, en francés, la clase antes del lunch, la señorita Dupré la sorprende comiendo un plátano a escondidas y la castiga durante la hora del lunch.

Mientras Lissa se queda ahí, enmudecida, me doy cuenta de algo: la señora Waters no la va a aceptar en el equipo si no se presenta a la práctica, sin importar que sea buena. Y si está castigada no irá...

Por suerte, Tash sale en su ayuda.

—¡No es su culpa, maestra!— protesta. —Está enferma.

Lissa la mira alarmada.

—Le hace falta potasio— explica Tash.

Sólo a Tash se le podía ocurrir eso. Y sorprendentemente la maestra de francés le cree y le retira el castigo a Lissa.

En el entrenamiento hago mi mayor esfuerzo, pero parece que entre más me esmero, peor me sale. O quizá la diferencia se hace más visible porque las demás lo hacen cada vez mejor. Lo mismo en hockey.

La señora Waters nos observa como un halcón, no se le va una. Todas nos cambiamos rápido al final de las clases para volver a llegar primero. A ella le agrada, se nota.

Tash gana siempre, es súper rápida. Se puede cambiar en exactamente dos segundos. Después del entrenamiento de hockey, ni siquiera se molesta en cambiarse la ropa, se va directamente a casa tan pronto suena el silbato.

El viernes a la hora del lunch, cuando terminamos el entrenamiento de netball estamos todas exhaustas, incluso Dani. Pero Lissa es la que peor se ve. Está pálida del cansancio.

—¿Estás bien?— le pregunto.

—Sí, ¿por qué no iba a estarlo?— contesta bruscamente.

Así que me pregunto qué hice para molestarla.

—Está malhumorada— susurra Dani.

Así que la dejamos sola.

—Niñas, hay muchas buenas jugadoras en este grado, ha sido muy difícil escoger un equipo...— dice la señora Waters, mientras todas nos sentamos. Luego añade: —Anunciaré los resultados de ambos equipos el lunes. Todavía tengo que tomar algunas decisiones, así que la práctica de esta tarde es importante.

—Lo siento, maestra, pero no asistiré— exclama Tash.

Todas la vemos sorprendidas

—¿Por qué no?— la señora Waters se le queda viendo fijamente. —Creí que en serio querías entrar al equipo.

—Sí, pero tengo que ir al dentista después de clases.

Me pregunto por qué no lo mencionó antes.

La maestra suspira en signo de desaprobación y extiende la mano...

—Enséñame tu carnet de citas.

—No lo traigo— Tash evade la mirada de la profesora.

La vi hacer lo mismo antes, ayer de hecho, cuando le dijo a la señorita Webb que había olvidado su libro de inglés con la tarea ahí dentro, pero yo lo vi en su mochila que estaba a mi lado.

—Tráelo el lunes— ordena la señora Waters, con aire molesto.

Al final de clases Tash sale disparada, como siempre, antes de que pueda hablar con ella.

Me pregunto si su cita con el dentista acabó con sus posibilidades de que la eligieran. Y por un pequeño instante deseo secretamente que así sea, ¡qué mala soy! Pero no puedo soportar la idea de que todas estén en los equipos menos yo. Tengo pavor del lunes cuando den los resultados.

El fin de semana pasa lentamente. Me hubiera gustado hacer algo con mis nuevas amigas, pero Dani se reunirá con amigos de su antigua escuela y Lissa estaba tan gruñona el viernes que no le quise preguntar lo que iba a hacer.

Me gustaría mucho hacer algo con Tash, pero parece que está siempre ocupada haciendo cosas con su mamá. Creo que son muy cercanas.

A menos que sea un pretexto y en realidad no quiera pasar tiempo conmigo.

El sábado termino llamando a Austen, mi opción segura, pero hasta él dice que está muy ocupado para verme. Está a mitad de un proyecto.

—¡Ah!— digo desilusionada, ¿qué estás haciendo?

—Una evaluación energética de mi casa.

Me quedo callada. ¿Nadie quiere salir conmigo? Entonces Austen propone:

—Podría ir mañana y hacer una en tu casa, si quieres.

Me reanimo un poco.

—Sí, por favor.

Los sábados papá se va a su partido de futbol. "Los Piratas" de Bedford juegan de visitantes hoy. Ha sido fanático de los Piratas toda su vida, son como su primer amor, su religión, su identidad. Mamá dice que hasta tuvieron que planear su boda un día en que los Piratas no jugaran.

Hace un par de años él trató de involucrarnos llevándonos a un juego en que eran locales. No funcionó en lo absoluto:

Papá se enojó porque todos los hombres se le quedaban viendo a Nikki y se la pasó amenazándolos.

Mamá se enojó por las malas palabras que todos decían y se la pasó regañándolos.

Yo me molesté por la cantidad de comida rápida que la gente estaba consumiendo y por la cantidad de empaques no biodegradables de polietileno que tiraban al piso. Les preguntaba a todos si sabían lo malos que eran para nuestro planeta y continuaba pidiéndoles, que, por favor, los levantaran y se los llevaran a casa. ¡No puedo creer que lo haya hecho! Algunos se veían algo sorprendidos, pero me ignoraban; otros se agachaban para recogerlos y los guardaban en sus bolsillos. Uno o dos me insultaron...

Nikki dijo que le dábamos mucha vergüenza y que de todas maneras era un juego tonto y aburrido.

Por eso papá dijo:

—¡Nunca más!

Y ahora siempre va solo. Se encuentra allá con sus amigos, por supuesto, aunque muchos de ellos llevan a sus hijos e hijas.

La vida es extraña: por ejemplo, está el caso de Dani, ella daría cualquier cosa por ir a ver un partido con su papá, pero no pude hacerlo, no es justo, ¿no?

Se me ocurre una brillante idea. ¡Dani podría ir a ver el fut con mi papá!

Aunque no es tan fácil porque ella le va al otro equipo de nuestra ciudad, a los "Fugitivos" de West Park, que son los rivales más acérrimos de los Piratas. Y mi papá los odia totalmente.

¡Pero esto es lo más raro! Mi hermana Nikki, quien prometió que nunca volvería a pisar una cancha de futbol, está en este preciso momento en las gradas de los Fugitivos, apoyándolos. Papá cree que sólo lo hace por molestarlo. Pero no.

Lo hace por Greg.

Capítulo 13

Es bueno ver a Austen el domingo. Había olvidado lo fácil que es estar con él. Los chicos no serán tan buenos para escuchar como las chicas, pero son más sinceros. Austen nunca está malhumorado como Lissa, ni sale corriendo como Tash. Y, a diferencia de Dani, no está obsesionado con el futbol.

Llega con una libreta y una pluma para tomar nota de nuestro consumo de energía. Recorre toda la casa, de cuarto a cuarto, apagando las luces, los aparatos y bajándole a los termostatos de los radiadores. La batalla con mi familia es ardua.

Nada más en el cuarto de Nikki hay once aparatos conectados, algunos se están cargando o están en modo reposo. Yo los cuento y Austen los apunta.

—Luz principal, calefactor, reloj-despertador, tenazas para cabello, alaciadora...

—¿Para qué querrías hacerte caireles y alaciarte al mismo tiempo?

—No lo haces al mismo tiempo— respondo. —iPod, iPhone, lámpara de noche, antifaz térmico...

—¿Qué están haciendo? Nikki se despierta, se sienta en la cama y se levanta el antifaz. Se nos queda viendo con los ojos llorosos.

—Haciendo un inventario de cuánta energía estás desperdiciando.

—No estoy desperdiciando energía, la estoy conservando.

—¿Cómo?

—Durmiendo. ¡Ahora esfúmense!

—¿Te das cuenta de cuánta energía estás utilizando tan sólo en este cuarto mientras duermes?— pregunta Austen cortésmente.

—No, pero estoy segura de que me lo vas a decir— Nikki gruñe.

Austen hace un cálculo rápido y le informa los resultados, pero ella ya se volvió a dormir.

Mis papás son igual de malos.

Abajo, mamá está sacando sábanas y toallas de la lavadora y a punto de poner otra carga. Austen le señala amablemente que es igual de efectivo ponerla a una temperatura más baja y ella accede de buena gana. ¡Mi mami! Empieza a meter las sábanas en la secadora.

—Secarlas al aire libre es mucho mejor, ecológicamente— le informo. —Es un precioso día con viento.

—Entonces hazlo tú.— me dice, soltando las sábanas mojadas en mis brazos. —También tengo que preparar la cena.

Austen se va a la entrada a hablar con mi papá, que está tratando de reparar la camioneta.

Tiendo las sábanas yo sola (no es una tarea fácil), luego regreso a la cocina, donde mamá está pelando una montaña de papas para el asado de los domingos.

—¿Sabías que es posible poner los quemadores al mínimo y que los vegetales se van a cocer igual de bien?— digo.

Pero ella trata de distraerme pidiéndome que le ayude con los germinados.

—¿Cuántos kilómetros recorrieron?— pregunto intrigada, mirando la etiqueta en el empaque.

—Limítate a hacerlo, ¿sí?— me regaña.

Está de mal genio el día de hoy, así que no le digo que también debería bajarle la temperatura al horno, donde el pollo se está rostizando.

Cuando termino con los germinados, salgo a buscar a Austen. Le habla a las piernas de papá, que sobresalen debajo de la camioneta.

—Sus llantas están un poco bajas— advierte.

—Están bien— responde papá.

—¿Sabía que si infla adecuadamente sus llantas puede ahorrar en gasolina?— insiste Austen.

Papá no contesta, así que Austen repite la pregunta y papá gruñe. Después de un rato, Austen hace otra observación.

—¿Ha pensado en comprar un carro eléctrico?

No, es su respuesta, pero Austen no se da por vencido así de fácil.

—Consumen mucho menos energía— le informa. —¿Sabía que en un periodo de veinte años pueden ser más baratos...?

Lo interrumpen el sonido de algo que cae debajo de la camioneta y una palabrota de papá, seguido de otra palabrota aún peor. Decido entrar de nuevo.

¿Qué les pasa a todos hoy?

Para corresponder, mamá invita a Austen a quedarse a cenar. Su cara se ilumina y pregunta:

—¿Es orgánico el pollo?

—No— responde ella.

—No gracias, señora Grimes, me temo que debo llegar a casa.

Mamá parece a punto de explotar.

Aunque él no quiso ser grosero, así es él. No hay manera de que se coma un pollo a menos de que haya crecido al aire libre, se alimente de insectos y ande por el jardín picoteando feliz, como los suyos.

De todos modos, parece que tomó la mejor decisión. Cuando nos sentamos a comer, resulta que el pollo no está bien cocido por dentro. De hecho, está rosa, del mismo tono que se pone papá cuando olvida ponerse bloqueador solar.

—¡No me voy a comer esto!— protesta Nikki, que finalmente logró salir de la cama. Luego le da una mordida a una papa asada y su cara se arruga de repugnancia: —¡Éstas parecen piedras!

—No entiendo, las cociné igual que siempre.— replica mamá, perpleja. Luego hace cara de que está de acuerdo. —Alice, ¿tú y ese niño tienen algo que ver con esto?

Cuando mamá llama a Austen ese niño sé que está enojada.

—Le bajé al horno un poquito...— admito. —¿Sabías que unos cuantos grados menos en la temperatura pueden hacer la diferencia.

—¡Deja de citarlo!— gruñe mamá.

—¿A quién?— finjo inocencia.

—A Planetín Penberthy. ¡Ese maldito sabelotodo!— exclama papá, picando malhumorado su pierna de pollo cruda.

—¡No es cierto!

—¡Sí es cierto!— interrumpe Nikki. —Siempre molestando con el medio ambiente. Es aburrido y te está volviendo aburrida a ti también.

—No, claro que no.— reclamo. —¡No porque tú seas superficial y sólo te preocupes por ti misma, la gente que se preocupa por el medio ambiente es aburrida!

Pero nadie me está escuchando. Afuera empezó a llover.

Mamá maldice susurrando y se levanta de la mesa.

—¡Ayúdame, Alice, mis sábanas se están mojando!

No es fácil tratar de salvar al planeta con mi familia.

Me alegra regresar mañana a la escuela y volver a estar con mis nuevas amigas.

Por lo menos ellas no me consideran aburrida.

Espero.

Capítulo 14

Lunes en la mañana. "El día d", por decisivo. ¿O debo decir "día e", por día del equipo?

Todas estamos emocionadas. Bueno todas las que hicimos pruebas. Algunas niñas, a las que Dani llama las "Barbies", están muy obsesionadas con su apariencia como para ir a perseguir una pelota. Aunque, sorprendentemente, Georgia lo intentó y es una "Barbie".

Algunas niñas, que Tash llama las "profes" (por profesor), son demasiado intelectuales; y a unas cuantas no les importan los deportes.

Pero algunas venderían a sus abuelas con tal de que las seleccionaran, incluida yo. (¡Lo siento abuela!)

Especialmente yo. Porque soy parte de un club de amigas y las otras tres seguramente entrarán. Pero sé que yo no...

A la hora de la clase, la señorita Webb nos habla sobre el consejo escolar, pero me cuesta poner atención. Hoy nos toca la primera clase doble de educación física.

Todo nuestro grado abarrota los vestidores, ¡hay mucho ruido!

Por todos lados se escucha a la gente decir cosas como: "¡no voy a entrar!" o "¡no me van a escoger!" y todo el mundo está ocupado tranquilizando a alguien más, diciendo "claro que lo harás".

Pero yo estoy demasiado nerviosa para hablar. Me siento como una lata de refresco a la que han agitado y está lista para explotar...

En eso llega la señora Waters con una lista en la mano, todas se callan.

La maestra nos sonríe comprensiva: —Sé que todas se mueren por saber, así que voy a acabar con el tormento enseguida. Estas son las personas que elegí para el equipo de hockey...

Lissa, Tash, Dani y yo nos tomamos de la mano y nos apretamos fuerte.

—Danielle Jarvis.

Se escuchan aplausos y Dani sonríe de oreja a oreja.

—Tasheika Campbell.

Tash chilla y brinca de la felicidad.

Nos volvemos a agarrar las manos, mientras la señora Waters sigue con la lista.

A mi lado, Lissa tiene los ojos cerrados.

—Melissa Hamilton.

Lissa mira con asombro. Las otras dos le sonríen.

—Sigues tú— me asegura Tash.

Pero se equivoca, no soy la siguiente. No me eligieron.

Cuando la maestra dice el último nombre, las otras voltean a verme, con las caras tristes.

—¡Sabía que no me iban a escoger!— asumo con ligereza, como si no me molestara.

Pero por dentro toda mi emoción se ha evaporado, dejándome apagada y vacía.

—¡No te preocupes!— me anima Tash. —Aún te queda el equipo de netball...

Esta vez no quiero agarrar las manos de las demás, por eso me cruzo de brazos, enterrado las uñas en mis palmas.

Pero no hay ninguna diferencia, tampoco me quedo en el equipo de netball. Dani, Lissa y Tash, sí.

—¡Lo siento!— gime Tash, mientras me abraza.

—¡No importa!— respondo. —¡Bien por ustedes!

Puede que no sea buena en deportes, pero soy buena actuando. Hasta Tash me sonríe, aliviada de que me lo haya tomado tan bien. Lo que no ve es la parte blanca de mis uñas, la sangre desciende hacia ellas y se están poniendo de un rojo furioso.

—Las integrantes del equipo no son inamovibles. Se tienen que ganar sus lugares. Las voy a estar vigilando todo el tiempo. Si alguna flojea, su lugar lo ocupará alguien más, bla, bla, bla...

La voz de la maestra suena monótona, aunque he dejado de escucharla.

—¡Qué vergüenza! No lograste entrar en los equipos— se burla una vocecita molesta en mi cabeza.

—*¿Y qué importa?*— me digo a mí misma, enojada. —¿Cuál es la diferencia?

—*Hay una gran diferencia*— persiste la vocecita malvada. —*Ya no eres parte del club de amigas.*

Salimos a jugar netball lo que queda de la clase, la señora Waters nos divide en equipos. Soy centro, tengo como oponente a Tash. Está en las nubes, embobada, contenta consigo misma por haberse quedado en los dos equipos, y no se está concentrando. Yo estoy al revés, determinada a mostrarle a todas (¡especialmente a mí!) que soy tan buena como ella, así que juego como si estuviera poseída.

Al final del juego la señora Waters dice:—¡Bien jugado, Alice!

Por un instante me alegro. Luego me acuerdo de que no me escogió y me vuelvo a sentir desilusionada.

Lissa debe poder leer la mente porque me toca el brazo mientras salimos de la cancha y me dice:

—Estuviste genial.

—Gracias— respondo.

Parece que está a punto de decir algo más, pero en eso Tash nos alcanza y me da un golpecito en la espalda.

—¡Oh! ¡Me superaste!

Lissa se aparta.

Cuando llegamos a los vestidores la señora Waters dice:

—Una cosa más. Es momento de elegir a las capitanas. Ser capitán es una posición de mucha responsabilidad. Quiero que piensen bien quién sería la mejor líder de cada equipo. Voy a considerar tres nominadas para cada caso... Y no, Tasheika, antes de que preguntes, no puedes nominarte a ti misma.

Todas se ríen, incluso Tash. No tiene nada de qué preocuparse. A todas les cae bien la alegre y sonriente Tasheika. Alguien la nominará.

Lo normal es que yo lo hiciera, pero no estoy de humor. De todos modos no me necesita; está rodeada de muchas que quieren ser "su mejor amiga".

—¿Quién es su candidato para el equipo de netball?, pregunta la señora Waters y se levantan las manos.

El nombre de Tash es el primero que se menciona. Dani es el segundo. Lissa el tercero.

—Es suficiente, dice la señora Waters, ahora las nominaciones para capitán del equipo de hockey. Las manos se alzan otra vez.

Esta vez el primer nombre que se dice es el de Dani, Lissa es el segundo, Tash el tercero. Se paran al frente, se ven orgullosas. El club de tres.

Ahora me siento verdaderamente excluida. Daría lo que fuera para estar parada ahí enfrente con ellas. En cambio, estoy sentada, sola, al fondo del vestidor.

Primero vamos a escoger a la capitana de hockey. La señora Waters le pide a las nominadas que salgan y dice:

—Bueno, niñas. Un voto por cada una. ¿Quién vota por Danielle?

Alzo la mano sin pensarlo, al igual que todas las demás. Dani es, por mucho, la mejor jugadora de hockey de nuestro grado. ¡Probablemente de toda la escuela!

—¡Decidido, por unanimidad!— sentencia la señora Waters.

Cuando anuncia que Dani va a ser la capitana percibo un destello de sorpresa en los ojos de Lissa. Tan sólo un pequeño temblor. Ella pensó que iba a ser la capitana de hockey. Su mamá lo fue y ella pensó que también lo sería. ¡Pobre Lissa¡ Supongo que está acostumbrada a conseguir lo que quiere.

He estado tan preocupada compadeciéndome a mí misma que hasta ahora no se me había ocurrido que sólo hay dos puestos y tres personas compitiendo por ellos. Alguien más va a estar muy desilusionada.

—Muy bien, ahora la capitana de netball— dice la maestra. —No pueden votar por Danielle esta vez. Melissa y Tasheika, salgan del vestidor, por favor.

Lissa se ve un poco tensa, Tash sonríe y hace como si estuviera hablando por teléfono para hacernos reír. Pero no tengo ganas de reír.

—¿Quién vota por Tasheika?— pregunta la señora Waters y cuenta los votos.

—¿Y quién vota por Melissa?

Cuenta de nuevo. Es fácil esta vez. Lissa es linda, pero puede ser un poco malhumorada y sentirse un poco superior. Sólo obtiene un voto porque todas votaron por Tash.

La amable y amistosa Tash, la niña más popular de nuestro grado. Todas votaron por ella, menos yo, su mejor amiga.

Aunque nadie se da cuenta, excepto la señora Waters, porque estoy sentada hasta el fondo.

—Listo, entonces la capitana es Tasheika— asegura con firmeza.

Lissa y Tash regresan al vestidor, se ven nerviosas. La señora Waters anuncia que Tash ganó y Lissa le da la mano.

—¡Felicidades!— dice con una sonrisa apenas perceptible.

—Gracias— responde Tash, con una grande y radiante sonrisa.

Dani le agarra la mano y la alza triunfal en el aire, todas aplauden. Casi todas...

Dos capitanas felices. El club de dos.

—Ahora salga todo el mundo— dice la señora Waters.— Excepto Dani y Tasheika, quiero hablar con ustedes.

Salgo de los vestidores detrás de Lissa.

—Felicidades por estar en los equipos— le digo.

—Gracias— replica.

Pero al igual que yo no parece con muchas ganas de celebrar.

Capítulo 15

La señora Waters quiere ver a sus nuevas capitanas a la hora del lunch, así que sólo nos juntamos Lissa y yo. Como nada más somos dos hay silencio.

En general se puede oír al club de amigas en todo el comedor porque siempre nos interrumpimos, pero hoy ninguna tiene ganas de hablar.

Ni siquiera tengo muchas ganas de comer.

—¿No quieres la barra de chocolate?— pregunta Lissa, viendo mi lonchera.

Yo encojo los hombros, así que la toma. Creo que su mamá le prohíbe los dulces. En mi opinión prohíbe casi todo.

Más tarde salimos a la cancha y cuando nos sentamos, Dani y Tash salen de los vestidores, se ven radiantes y contentas.

Las chicas de oro. Estoy tan celosa. Es como si el sol sólo las alumbrara a ellas, y Lissa y yo estuviéramos en la sombra. Ni siquiera nos han visto, están ocupadas platicando.

La señora Waters sale detrás de ellas.

—Apúrense y vayan por su lunch— les dice.

Y ellas gritan: —¡Adiós maestra!— y pasan corriendo a toda velocidad. Las vemos entrar al comedor.

—Me parece que tú debiste quedar en el equipo de hockey en lugar de Tash— advierte Lissa. —Tú fuiste a todas las prácticas, ella no.

—Es mejor que yo.

—No, tú eres tan buena como ella. Es sólo que no presumes tanto.

—Gracias— comento sorprendida, Aunque sé que no es cierto.

Como ella está siendo tan amable, a mí se me escapa decirle:

—Yo voté para que tú fueras capitana.

Se ve tan agradecida que me desconcierta.

—¿Para el equipo de hockey? ¡Gracias Ali!

Recuerdo la votación unánime por Dani.

—Para los dos equipos— digo, cruzando los dedos. La señal para encubrir una mentira.

Después de eso hablamos, hablamos y hablamos.

Hoy aprendí algo. No siempre puedes saber cómo es la gente sólo por su apariencia. No creo que Lissa sea la mitad de segura de lo que parece. Le preocupa decirle a su mamá que no la escogieron de capitana del equipo de hockey. De alguna manera se esperaba de ella, porque cuando su mamá estuvo aquí lo fue y su hermano es capitán del equipo de rugby.

Debe ser difícil tener que seguir los pasos de alguien.

Al final de cuentas tengo algo que agradecerle a mi hermana. Mis papás no van a querer nunca que sea como Nikki, en especial mi papá.

Yo tampoco quiero ser como ella. *Prefiero ser aburrida que dar vergüenza.* Eso pienso.

¿Qué prefieres, ser considerada una verdadera vergüenza o alguien muy pero muy aburrido? ¡Auxilio! Me saco ese pensamiento de la cabeza por un instante.

En este momento no se trata de mí, sino de Lissa.

—No tienes que ser como tu mamá— le señalo.

—No la conoces— dice con pesimismo.

Pero sí la conozco. Lo suficiente para darme cuenta de que es una de esas mamás competitivas que presionan a sus hijos para que sean los mejores en todo. Es decir, a mi mamá le alegra que haga bien las cosas, pero le alegra por mí, no por ella. Esa es la diferencia.

Nunca pensé decir esto, pero siento un poco de pena por Lissa.

—No tienes que ser capitana de hockey sólo porque ella lo fue— repito. —Puedes hacer otra cosa para que esté orgullosa de ti.

—¿Cómo qué?

Me quedo pensando un momento, luego recuerdo lo que nos dijo la señorita Webb durante la clase de esta mañana.

—Puedes ser representante ante el consejo escolar. Serías muy buena.

Lissa me mira a los ojos.

—¿Crees?

—Sí, claro.

—Tú también lo serías. Piensa en cuando sermoneas con el medio ambiente.

—¿Sermoneo con el medio ambiente?

—¡Todo el tiempo!

Mi corazón se hace chiquito. Austen sermonea con el medio ambiente todo el tiempo, y Nikki dice que es aburrido. Lo sabía, todos piensan que yo también soy aburrida.

En eso su cara se ilumina

—¡Podemos intentarlo juntas! La señorita Webb dijo que cada grado podía elegir a dos personas para representarlo.

Suena muy emocionada, así que mi corazón regresa a su tamaño.

En ese momento Dani y Tash salen juntas del comedor, agarradas del hombro.

—Ahí vienen "las capitanas" de nuestro grado, señala Lissa, su voz suena apagada y fingida.

—También serían buenas representantes, observo, pero mi voz suena igual de falsa.

Tash nos ve, nos saluda con la mano, mientras se dirigen hacia nosotros.

Lissa voltea a verme.

—¡Intentemos, Ali!— sugiere con apremio. —Sólo tú y yo. No hay que decirles.

La campana suena, así que se levanta y nos agarramos del hombro. Las cuatro caminamos tranquilamente al interior de la escuela.

Camino a casa me siento miserable, ha sido un día horrible. No sólo quedé fuera de los equipos, también fui desleal con Tash.

Debería estar muy feliz y agradecida por mi divertida, ocurrente y extraordinaria mejor amiga. A ella le debo más que a nadie estar bien en esta escuela y no sola como creía que iba a estar.

Pero hoy le di la espalda y voté por Lissa. Siento que la traicioné...

Sé porque lo hice, estaba celosa.

Además Lissa y yo vamos a competir para ser representantes y tampoco le he dicho a Tash.

Toda la tarde la pasé sentada a su lado, pero ella no se dio cuenta de que todo está mal. Se comportó como siempre, haciendo sus ejercicios, compartiendo mi diccionario y usando mis plumones.

Cuando el gruñón de Griffiths me hizo una pregunta en matemáticas y yo no sabía la respuesta, Tash me la escribió en su cuaderno para que yo no pareciera tonta.

Tan pronto como sonó la campana, la volteé a ver y le dije con urgencia:

—Hagamos algo este fin de semana, nosotras dos.

De pronto sentí un gran deseo de confesar todo. Quería contarle que no voté por ella y que me presentaría al consejo escolar con Lissa, que lo lamentaba... Sabía que entendería, si yo le explicara.

Pero me vio sorprendida y dijo:

—No sé... quizás esté ocupada. No sé... Mi mamá...

Era obvio que no quería hacer planes conmigo, sólo estaba dando excusas.

Así que le dije rápidamente: —Está bien, ya será otro día.

—Definitivamente— repuso.

El alivio en su cara era muy visible.

Aunque me dio un abrazo especial antes de salir corriendo de la escuela, me dieron ganas de llorar.

Me sigo sintiendo fatal, confundida y con los sentimientos revueltos: enojada, defraudada y culpable al mismo tiempo.

—¿Cómo te fue?— pregunta mamá apenas voy entrando a casa.

—¿En qué?

Aunque sé exactamente a lo que se refiere, tiro mi mochila y me voy a la sala, donde la televisión está a todo volumen y me dejo caer en el sillón a lado de Nikki. Está recortándose las puntas del cabello con unas tijeras para uñas, hace bizcos del esfuerzo. Mamá me sigue con la cara brillante, como si se hubiera tragado un foco.

—No nos tengas en suspenso, ¿te quedaste en los equipos?

—No.

El foco se apaga.

—No importa.— dice compasiva. —Suerte para la próxima.

—El deporte está sobrevalorado— asegura Nikki, dejando de hacer bizcos. —De todos modos, ¿quién quiere acalorarse y sudar persiguiendo una pelota?

—Tú lo hacías— le recuerdo.

Debo aceptar que mi hermana no sólo es bella, brillante, talentosa, tiene una gran voz y, oh sí, ¡también es buena en los deportes!

Ella y Tash de verdad tienen muchas cosas en común. Mamá se sienta en el sillón y todas vemos con desinterés un programa en la televisión.

Después de un rato, Nikki me da un golpecito en las rodillas con las tijeras.

—Tú y yo, está noche: ¡noche de chicas!

—¿Se supone que eso va a animarme?

—Sí podría, con un cambio de look...

Y agarra con firmeza mi cola de caballo, haciendo como si fuera a cortarla.

La aparto.

—¿Van a salir a alguna parte?— Le pregunto a mamá.

—Parece que sí, le guiña el ojo a Nikki.

Entonces, cuando papá va entrando del trabajo, ella se levanta y lo hace retroceder.

—No te quites el abrigo Colin, vamos a salir.

¡Qué sutil!

Poco después, Nikki desaparece y regresa con mis bocadillos favoritos: zanahorias, papas fritas, empanaditas, aros de cebolla y cupcakes. Además de jugos, una botella de licor y una de vodka.

—¿Para qué son esos?— le pregunto.

—Cócteles, sin alcohol para ti, con alcohol para mí. Necesitas tus cinco frutas y verduras diarias...— me dice alegremente, mezclando jugo de arándano y naranja con un tercio de licor y vodka en una coctelera.

Yo sirvo jugo de naranja, arándano y mango en un vaso, sorbo con cuidado. Me como una empanadita y me empiezo a sentir mejor, ligeramente.

Su teléfono suena (¡qué sorpresa!), así que se aleja parloteando. Se ausenta un largo rato.

—Era Greg— explica sin que le pregunte, de regreso a la sala.

—¿Vas a salir?

—No. Le dije que estoy pasando la noche con mi hermanita.

—¡Me va a adorar!— señalo con sarcasmo.

—Sí, lo hará— exclama ella sonriente. —Viene hacia acá.

Así que finalmente voy a conocer a Greg, el chico del que mi hermana está enamorada en este momento. El hombre que papá dijo nunca pisaría nuestra casa.

Capítulo 16

Al sonar el timbre salto a abrir la puerta. Por primera vez voy a ver a Greg en persona. Es tan guapo como lo imaginé (los novios de Nikki siempre lo son).

Es muy alto y musculoso. Además tiene el pelo muy corto, casi a rape; ojos café, una barba muy a la moda y dientes blancos perfectos. Sí, cumple todos los requisitos de la lista.

Aunque ya dieron el depósito para su departamento no estoy alarmada, porque ya hemos pasado por situaciones parecidas.

Nikki siempre sale con chicos guapos. Hay que reconocerlo: con la pinta que tiene puede salir con cualquiera.

Aunque casi siempre resulta que es lo único que son: mera apariencia, sin sustancia, como si fueran figuras de cartón, así que ella se aburre muy pronto.

O, aún peor, son excéntricos, tacaños, malhumorados o más obsesionados con su apariencia que ella. De cualquier forma, los deja.

Sobra decir que a todos sus novios poco les importa su pequeña hermana ñoña. Pero la cara de Greg se ilumina cuando ve que soy yo la que abre y dice:

—¡Hola, tú debes ser Alice!

Como si yo fuera precisamente a quien esperaba ver.

—He escuchado mucho sobre ti— añade, y me doy cuenta de que me cierra el ojo cuando sonríe.

Abraza y besa a Nikki sin exagerar (le anoto otro punto a su favor), se sienta en el sofá. Nikki le da una bebida y él vuelve a ponerme atención.

—¿Entonces?— pregunta.

—¿Entonces qué?

—¿No te quedaste en los equipos?

Suspiro. ¿Por qué no te vas a mi yugular?

Me mira con sus ojos son reconfortantes y compasivos.

—¿Cómo te sientes?

—Celosa.

¿Por qué lo dije? Hay algo en este hombre que me exige una respuesta sincera.

—¿Y...?

—Excluida, mal, como basura.— Trago saliva.

Hace una mueca

—Sé lo que se siente.

—¿Tú?— digo incrédula.

—Sí, claro. Me ha pasado muchas veces. Me sigue pasando. El entrenador escoge para cada juego un equipo y a veces no me elige. Créeme, eso duele.

Su expresión es seria. No finge, estoy segura.

Greg juega para los Fugitivos de West Park. Se rumora que este año podría integrarse al equipo de Inglaterra. Es muy bueno, pero incluso él no es seleccionado a veces.

Me le quedo viendo sorprendida

—¿Y qué haces al respecto?

—Nadie tiene derecho divino a un lugar en un equipo. Te lo tienes que ganar, o te vas y haces algo más.— indica, sacudiendo la cabeza.

—¿Cómo qué?

—No sé, puede ser cualquier cosa. Nikki dice que eres muy inteligente.

—No, no lo soy...— digo automáticamente.

Él continúa.

—Hay cientos de cosas en las que puedes ser buena. Sólo tienes que encontrar la indicada. Yo no soy bueno en nada que no sea el futbol, así que en esos casos me esfuerzo más. Entreno, hago ejercicio, aumento mi nivel de juego, me abstengo de beber...

Se le queda viendo pensativo al vaso que tiene en la mano, lo alza hasta sus labios y lo inclina.

Segundos después tose y carraspea como desesperado, tiene los ojos desorbitados y jadea, cae al piso y nos alarmamos. Pero entonces empieza a contraerse, como un enorme pez, flexionándose en medio de su agonía. Gime débilmente:

—Necesito oxigeno, me estoy muriendo. ¡Nikki, dame un beso para revivir!

Así que nos empezamos a carcajear.

—¡Maldición, Nikki!— Chilla, mientras lo levantamos. —¿Qué tratas de hacer?, ¿acabar conmigo?

—Deja de hacer tanto alboroto, cobarde— reprime Nikki.

—¿Cobarde?, ¿te das cuenta de lo fuerte que está la bebida, Nik? Pensé que era jugo.

—¡Sí es!, con un chorrito de vodka y licor.

—¿Un chorrito? Más bien un barril.

Se ríe y guiña el ojo otra vez. Es tan atractivo, no me sorprende que le guste a Nikki.

A papá también le agradaría si llegara a conocerlo, aunque juegue con los Fugitivos.

Él piensa que Greg es el que lleva a Nikki por el mal camino, pero se equivoca. Greg es el sensato.

Él es el mejor novio que Nikki ha tenido.

Capítulo 17

¡Lo logramos! Lissa y yo fuimos elegidas para el consejo escolar. Todo el grado votó por nosotras. Y no fuimos las únicas que se presentaron, también estaban Georgia y Zadie, "las profes" y algunas niñas de otras clases; pero nosotras fuimos las seleccionadas.

Me sentí tan orgullosa cuando la mayoría alzó su mano por nosotras y sé que Lissa también.

Creí que finalmente el sol me estaba iluminando a mí, sentía el calor de la felicidad. Sin embargo, al volver a la clase había nubes arremolinándose...

Georgia y Zadie estaban descontentas, obviamente, pero no me refiero a ellas.

Hablo de dos enormes nubes negras llamadas Dani y Tash. Nunca las había visto tan malhumoradas.

—¿Por qué no nos dijeron que iban a competir?— inquirió molesta, Tash.

—Creí que no iba a haber secretos entre nosotras.— añadió Dani.

—No era un secreto.— señala Lissa. —Nos decidimos el viernes a última hora, tú te fuiste volando como de costumbre. Y la votación fue lo primero que hicimos en la mañana.

Miente. Habíamos decidido presentar nuestra candidatura el lunes pasado, cuando a ellas las nombraron capitanas, pero lo callamos durante toda una semana, aunque ellas no están al tanto.

Dani y Tash intercambian miradas.

—No tuvimos oportunidad de decírtelo en la escuela— miento yo también. —Y dijiste que ibas a estar ocupada el fin de semana, ¿te acuerdas?

Tash parpadea. Se acuerda.

—¿Y qué?— reclama malhumorada. —¡Pudieron haberme llamado por teléfono!

—Te llamé, te marqué el sábado y el domingo, pero no contestaste. ¡Nunca contestas!

Esa parte sí era verdad. Lissa me mira sorprendida. No le había contado que en un arranque de sinceridad traté de hablar con Tash para confesarme.

—Siempre están ocupadas los fines de semana...— señala Lissa. —Las dos.

—Está bien...— concluye Tash, inexpresiva.

Puedo sentir como se esfuma mi felicidad. ¿Por qué no le dije la semana pasada? Porque Lissa me dijo que no lo hiciera, por eso. Porque estaba confundida.

Y, para ser honesta, porque no quería que Tash y Dani se entrometieran y nos arrebataran nuestro logro.

Ahora me siento muy avergonzada.

—Le preguntaré a la señorita Webb si podemos votar otra vez. Te nominaré a ti, podrías ser representante, o Dani.

Lissa me mira alarmada. Ella quería ser representante y yo también. Pero no quiero que ninguna se sienta excluida. En especial Tash, fue tan linda conmigo cuando llegué a la escuela. Siempre es linda conmigo...

—No pasa nada.— asegura Dani, encogiéndose de hombros. —De todos modos no quiero ser representante. No tengo tiempo.

—Yo tampoco— secunda Tash, aunque todavía suena triste. —Pero no vuelvan a ocultarnos nada, ¿de acuerdo?

—No lo haré.

—No más secretos, ¿prometido?

—Prometido— respondo aliviada y le doy un abrazo. —Lo siento mucho.

—No hay problema, somos el club de amigas, ¿recuerdas? El club sin secretos.

Su cara de reproche se pierde en su sonrisa de siempre, y mi mundo se vuelve a iluminar.

Pero por poco tiempo, porque la nube regresa...

Esta vez no puedo culpar a Dani y Tash. Es mi propia nube, el sentimiento de culpa es el que me aparta del sol. Nadie parece darse cuenta, pero casi siempre está ahí, flotando sobre mí. Un día va a reventar encima de mi cabeza y todas se van a enterar...

Tengo un secreto: uno grande.

Quiero contarles a mis amigas, de verdad. Porque entre más lo escondo más difícil es.

El problema con los secretos es que son como volcanes. Están enterrados y puedes tratar de olvidarlos, pero nunca desaparecen. Por dentro siempre están burbujeando, amenazando con hacer erupción, expulsando vapor ocasionalmente para recordarte que siguen ahí.

Un día te das cuenta de que, sin lugar a dudas, tu volcán va a expulsar tus secretos y se va a llevar a tus nuevas queridas amigas.

Capítulo 18

En la escuela ya tengo una rutina. Definitivamente ya no me siento como una nueva. Sólo hay unas cuantas compañeras de clase de las que desconfío, como Georgia y sus amigas Zadie y Chantelle, que creen que lo saben todo; trato de mantenerme alejada de ellas.

Dani las apodó las "Barbies" porque pensó que estaban tan obsesionadas con su apariencia que eran unas cabezas huecas, pero resultó que Georgia es muy buena jugadora de hockey. Con todo, me da miedo.

Es bueno ser amiga de Tash, Dani y Lissa. Me preocupaba que no estar en los equipos con ellas cambiara las cosas, pero hasta ahora no hay cambios.

Sólo han jugado un partido de hockey en horario de clases, y ganaron. (O lo ganó Dani, que al parecer fue muy superior a las oponentes. ¡Me hubiera gustado verlo!)

También jugaron de visitantes un partido de netball después de clases, aunque Tash se lo perdió porque se fue a casa enferma a media tarde.

De todos modos, ahora que Lissa y yo somos representantes en el consejo escolar ya no le doy mucha importancia. Seguimos siendo el club de amigas, el club sin secretos, como nos puso Tash.

Si ella supiera...

Nos sentamos juntas en clase, siempre en los mismos lugares al fondo, Tash y yo al frente, Dani y Lissa atrás. Hasta cuando cambiamos de salón, automáticamente ocupamos las mismas posiciones; a menos que estemos en el laboratorio de ciencia, en cómputo o en educación física, obviamente.

Me gusta sentarme a lado de Tash. Siempre tiene una sorpresa. Saca mi parte más divertida. La parte que está escondida bajo la Alice seria.

Quizá la enterré deliberadamente para demostrar que era distinta a Nikki.

Nosotras cuatro somos todas diferentes, pero nos llevamos bastante bien. Casi siempre, excepto porque:

Lissa puede ser un poco voluble.

Dani es un tanto antifemenina.

Tash algo despistada.

Y yo me la paso preocupándome de que me consideren un poco aburrida. O muy aburrida.

Tash, de hecho, es muy despistada. No es por ser mala con ella, sigue siendo mi mejor amiga, pero es verdad.

Por ejemplo, siempre llega tarde a la escuela, apenas evita quedarse en detención. Esta mañana fue la última en llegar. Como de costumbre, se deslizó en el asiento que está a un lado mío precisamente cuando la señorita Webb empezó a pasar lista. La maestra le reprochó, moviendo negativamente la cabeza.

—Intenta levantarte más temprano, Tasheika.

—Sí, maestra— responde Tash dócilmente, pero todo mundo sabe que mañana volverá a llegar tarde.

Es raro que llegue tarde, porque es obvio que le encanta la escuela...

Sin embargo, vuelve a ganarse la simpatía de la señorita Webb de inmediato, pues la primera clase es inglés y la mano de Tash sube y baja como un yoyo, respondiendo a las preguntas.

Pasa lo mismo en la clase siguiente, matemáticas. Hasta al gruñón de Griffiths le cae bien. Me da terror responder preguntas en matemáticas porque puedo equivocarme y el profesor me lanzaría una mirada macabra. Su cabeza parece la de una calavera.

Pero Tash no le teme en lo absoluto. Cuando se equivoca, no le da importancia, vuelve a calcular otra vez y acierta. El gruñón de Griffiths asiente complacido.

—Tasheika Campbell es in-con-te-ni-ble— pronuncia con su voz áspera y de ultratumba.

Tash se ríe.

—Eso significa que no me pueden detener, que no me rindo— nos informa.

Todos reímos, hasta el maestro de matemáticas, que es bastante tenebroso porque cuando su mandíbula se abre muestra grandes dientes amarillos, como lápidas, y sus hombros se mueven tanto que creo que su cabeza va a caer.

Hoy, en el descanso, Tash habla todo el tiempo sobre los nuevos diseños que usa Alana de Silva. Usualmente me uniría a la conversación, pero esta mañana desearía que ya no hablara más al respecto.

—¡Estás obsesionada!— le reclamo, finalmente. —Seguro te pasaste el fin de semana leyendo revistas de espectáculos.

—Claro que no— asegura Tash, indignada.

—Igual que todas las demás— se suma Dani con aire resignado. —Sé cómo se siente, a veces me desespero.

A menudo me pregunto qué hace los fines de semana, en vista de que nunca quiere hacer planes conmigo...

Sólo de pensarlo me pongo de malas y me escucho decir:

—¿No te das cuenta de que hay cosas más importantes de que preocuparse que cuál es el vestuario de Alana de Silva?

Pero desearía no haberlo hecho porque Tash parece molesta.

—¿Cómo qué?— pregunta Tash con énfasis.

—El futbol— exclama Dani, y todas nos reímos. Incluyendo Tash. Su buen humor regresa.

—No era exactamente lo que tenía en mente...

Respiro aliviada de haber podido evitar una discusión. Aunque he de decir que también Dani está obsesionada. Es totalmente fanática del futbol (de hecho de ahí viene la palabra *fan*), pasa su vida siguiendo a los Fugitivos, a pesar de que ya casi no va a los partidos, dado que su papá está bastante ausente.

Debería presentarle a Greg. Pero no puedo. Si conoce a Greg, conocerá a mi hermana, y no quiero que eso pase.

Desearía haberles contado lo de Nikki desde el principio. Ahora es demasiado tarde...

🔑 Capítulo 19

—**Dani, ¿por qué no fuiste** a una escuela mixta?— le pregunta Tash un día.

—Yo sí quería...— explica Dani. —Pero mi mamá me mandó aquí para que hiciera amistad con niñas. Le preocupa que sea muy masculina. Acepté sólo porque Riverside tiene la mejor reputación deportiva de los alrededores.

—Pero si hubieras ido a una escuela mixta, hubieras podido jugar futbol— afirma Lissa.

Dani niega con la cabeza.

—Lo dudo, se supone que no deben discriminar a las niñas, pero lo hacen. Nunca me metieron a un partido, al menos no como ahora...

Su voz se apaga de repente, como si hubiera hablado de más, todas la miramos.

—–¿Qué quieres decir con "no como ahora"?

Respira profundo y nos sonríe.

—Al menos aquí puedo jugar hockey, netball y pasar el tiempo con ustedes, chicas. Son las primeras amigas que he tenido.

¡Ay, Dani es genial! Hago una lista mental de las razones por las que la estimo mucho.

1. Es muy auténtica.
2. No es chismosa.
3. No teme ser diferente.
4. Es divertida.

5. Dice lo que piensa.
6. Es una excelente capitana en el hockey.
7. Se la pasa alentando a las demás.
8. Siempre encuentra el tiempo para ayudarte a mejorar tu juego. No como Tash.

Lo que quiero decir es que, a pesar de ser es la capitana de netball, Tash no está comprometida con el deporte como Dani con el hockey.

Como esta tarde. Al final de clases, cuando volvíamos a los vestidores después de educación física, Dani, concentrada, como siempre, propone:

—¿Maestra, podría quedarse el equipo de netball a practicar, por favor?

Todas empiezan a suplicar: ¡Sí maestra!, ¿podemos maestra?, ¿por favor? Excepto Tash, que dice:

—¡No puedo, no tengo permiso!

—Nadie tiene permiso.— explica la profesora Waters. —Al menos, hoy, no. Tengo que pedir autorización a sus padres con 24 horas de anticipación para que puedan quedarse después de clases. Pero si quieren mañana pueden hacerlo.

Y entra a su oficina para traer las solicitudes. Todas festejan, menos Tash, que se ve un poco preocupada.

—¿Qué tienes?—le pregunto.

—Mañana tampoco me puedo quedar después de clases.

—¿Por qué no?— indaga Dani.

—Tengo cosas que hacer...

—¿Qué cosas?

—Unas que me pidió mi mamá.

—Dile que estás ocupada— opina Lissa con tono molesto.

—No es tan sencillo...

—Eres la capitana, ¿recuerdas?— reclama Lissa y ahora su voz es agria. —Se supone que estás a cargo.

En ese momento la señora Waters regresa de su oficina sosteniendo un fajo de solicitudes.

—Tampoco podré mañana, maestra— se disculpa Tash.

El resto del equipo se queja. Contengo la respiración porque creo que se va a meter en problemas, pero la señora Waters sólo suspira.

—No te preocupes, no es como las prácticas agendadas.

Nos recorre con la mirada y se detiene en mí.

—¿Alice, qué tal tú?, ¿puedes tomar el lugar de Tasheika mañana al final de clases?

Mi corazón aletea como una mariposa atrapada dentro de mi pecho. ¿Es mi oportunidad de entrar al equipo?

No le puedo hacer eso a Tash...

—¡Por favor, Alice!— suplican todas. Excepto Tash, quien mira fijamente al piso.

—Eh... Sí... Si Tash está de acuerdo.

—No hay problema— murmura, sin mirarme a los ojos.

—¿Puedo irme ahora?

—Claro— dice la señora Waters, mirándola con curiosidad.

Tash toma su mochila y su ropa, y sale disparada hacia el autobús sin siquiera cambiarse.

Dani se le queda viendo sorprendida.

—¿Cuál es la prisa?

—Tiene que llegar a casa para leer más revistas de espectáculos— señala Lissa. Inocentemente, todas reímos.

Luego me siento mal, porque quizá no fue un comentario tan inocente. Creo que Lissa en verdad cree que sería mejor capitana que Tash. De acuerdo, quizá lo sería.

Pero Tash sigue siendo mi mejor amiga.

🔑 Capítulo 20

Este fin de semana voy a ir a casa de Lissa, por primera vez.

El viernes le pregunté a Tash si quería hacer algo, pero como siempre, está ocupada.

—¿Qué vas a hacer?— pregunto.

Me duele que no quiera pasar tiempo conmigo fuera de la escuela.

—Ir de compras con mi mamá— anuncia.

Pero no estoy segura de creerle. Esa molesta vocecilla vuelve a sonar dentro de mi cabeza: *nadie quiere pasar tanto tiempo con su mamá.*

¿Quizás está enojada contigo por tomar su lugar en la práctica de netball?, *¿o quizá tiene una amiga secreta con la que prefiere pasar el tiempo?*

No seas tonta, me digo a mí misma con firmeza. Tash no tiene secretos. Ninguna de nosotras. Somos el club sin secretos, ¿lo recuerdas?

La vocecilla molesta reaparece —*Pero tú tienes un secreto.*

¡Oh, cielos! No quiero ni pensar en eso.

—¿Y tú Dani, quieres hacer algo este fin de semana?— pregunto.

Al menos, ella siempre responde honestamente.

—No gracias, voy a ver a mis amigos.

—¿Quiénes?

—Sean, Ryan, Luke...

—Niños...— digo sin emoción.

—Sí, y Vikram, Nathan, Marvyn, Alex...

—¿Estás en otro club?— le pregunta Tash.

—¿Un club?— Dani frunce el ceño. —¡Claro que no! Sólo nos juntamos y nos ponemos a patear la pelota.

Naturalmente, ¿qué más podría hacer Dani el sábado? O está viendo una pelota o la está pateando.

—Conozco a un niño que se llama Marvyn que es buen futbolista.— menciona Tash, con aire pensativo.

En ese momento Lissa sugiere:

—Puedes venir a mi casa, si quieres.

—¿Pero y tu mamá?— pregunto a Lissa.

—¿Ella qué?

—Quizá no quiere que seas mi amiga.

Dani se queda perpleja

—¿Por qué no? A todas las mamás les gustaría que su hija fuera tu amiga.

No estoy segura de que sea un cumplido.

—¿Qué quieres decir?

—Eres agradable, ordenada, sensata, trabajadora y...

Aburrida. No me equivoqué, no es un cumplido.

—Es divertido estar contigo—continúa Tash, quien interpreta mi cara. —¿Por qué no ibas a agradarle a su mamá?

—Se refiere a que su papá insultó a mi mamá el primer día de clases— explica Lissa. —Pero no hay problema, Ali, nadie se dio cuenta de que estabas ahí, sólo tu papá.

Se supone que esto debe hacerme sentir mejor, pero en realidad me hace sentir peor.

Claro que nadie se dio cuenta de que ahí estaba. ¿Por qué habrían de hacerlo? ¿Quién se interesa en Alice la aburrida?

El sábado, camino a casa de Lissa, me siento un poco mal por Austen y la conversación que tuvimos la noche anterior:

—¿Quieres ir al cine mañana en la tarde?— me preguntó.

—¿Al cine?, no es el tipo de cosas que solemos hacer...

—Yo te invito— dijo rápidamente.

—No es eso...

—Es una película genial. Se llama *Destrucción,* acabo de leer sobre ella en Internet. Es sobre un chico y una chica que están luchando por sobrevivir. La humanidad está a punto de ser exterminada por la guerra, la contaminación, la explotación de los recursos naturales, y ellos tienen siete días para salvar al mundo...

—No puedo.

—¿Sabes?, También se trata de otras cosas...

—¿Qué cosas?

—Ya sabes: cosas románticas, de chicos y chicas. Amor y eso...

Se oía un poco avergonzado, así que sonrío.

—No puedo Austen, lo siento.

—Está bien.

—Iría, pero ya había quedado con Lissa.

—No hay problema— su voz sonaba entrecortada, como si de repente se hubiera acordado de que tenía otras cosas que hacer.

—Nos veremos pronto...— le aseguré, pero ya había colgado.

Me hubiera encantado ir al cine con él. La película sonaba genial, pero ya le había prometido a Lissa que iría a su casa y nunca voy a ser una amiga volátil, del las del tipo que te botan si tienen una mejor oferta.

De todas formas, tengo curiosidad de ver cómo era la casa de Lissa.

Es alta y elegante como la señora Hamilton.

La protege un muro de ladrillo que llega a la altura de la cintura, que en la parte de encima tiene una reja ornamental en pico, que supongo es para mantener a la gentuza alejada.

En el exterior, su ostentoso carro deportivo monta guardia desde su lugar de estacionamiento, parece como si tuviera más derecho que yo a estar ahí.

Miro los pantalones y la playera que Nikki me escogió, desearía haberme vestido un poco mejor. Tengo miedo que, al tocar el timbre, si abre la mamá de Lissa, me reconozca como la hija del hombre amenazante y grosero de la camioneta blanca.

La puerta se abre. La señora Hamilton debió estar atenta a mi llegada. Me sonríe con aprobación.

—Debes ser Alice, la amiga de Melissa. He escuchado mucho de ti. Adelante.

No todo lo que debería, pienso mientras entro al corredor.

Por dentro, la casa es más grande de lo que parece desde el exterior.

Miro alrededor sorprendida. Es como una casa de revista de decoración, de las que he hojeado en la sala de espera del doctor.

Entre las puertas abiertas vislumbro habitaciones hermosas, una sala con amplios sofás de piel y libreros que van del piso a la pared, una cocina brillante de acero, que parece como si nunca usaran, un comedor con platos, vasos y servilletas puestos para la cena, como en el restaurante cinco estrellas al que fuimos en las bodas de oro de mis abuelos. Hay tazones con flores perfumadas por todas partes, se escucha música clásica proveniente de la sala y la casa entera está inmaculada.

Mejor hubiera ido con Austen al cine. Esto es demasiado elegante para mí.

En eso aparece Lissa en la parte alta de las escaleras, trae pantalones de mezclilla rasgados y exactamente la misma playera que yo, abre los ojos y dice:

—¡Chócalas!

Nos reímos, incluso también su mamá.

—¡Sube!— aprueba la señora Hamilton.

Así que avanzo a saltos al cuarto de Lissa. Está bien, es más grande que el mío, tiene su propia televisión y su computadora, no tiene muebles de Ikea como los que yo tengo, pero tampoco es tan diferente. Hay pósters en las paredes, libros, ropa, tazas, platos, cosas para el cabello y tarea tirados por todas partes, ¡es un desorden! Más desordenada que yo. Me dejo caer aliviada en una silla.

La pasamos muy bien: Lissa es muy agradable, me deja probarme su ropa, nos peinamos y nos pintamos las uñas una a la otra.

Debo aclararlo:

Ya sé que negué estar interesada en los cosméticos, pero nada más son las uñas, y ya sé que dije que siempre me recojo el cabello en una cola de caballo, pero eso fue hace algún tiempo. Crecí un poco desde entonces y siempre es bueno probar con cosas nuevas.

A Lissa le toca primero, me pinta rayas en las uñas, no muy profesionalmente, aunque no se lo digo porque lo arruinaría. Sólo Nikki me las había pintado. Cuando me toca, le pinto estrellitas de colores en las uñas.

—¿Dónde aprendiste a hacer eso?— pregunta asombrada.

—¡Son preciosas!

—Mi hermana me enseñó— respondo, complacida con su reacción.

Estoy sorprendida por lo bien que me la estoy pasando. No es el tipo de cosas que Austen y yo hacemos.

—Me gustaría tener una hermana como la tuya— exclama, y yo pienso: *no, no quieres*.

Luego me siento mala y triste al mismo tiempo. Porque la verdad, Nikki puede ser una pequeña pesadilla, pero también puede ser una muy buena hermana mayor.

De repente siento una urgencia aplastante de contarle a Lissa sobre ella.

Es gracioso, porque cuando entré a la Academia Riverside ella era la última persona que me hubiera gustado que se enterara sobre Nikki.

Al principio desconfiaba de ella, creo que varias lo hacían. Pensé que era una presumida, pero nada más es elegante, lo que es distinto. Su tono la hace sonar como sabelotodo, pero no es así. No es su culpa hablar así.

Ahora pienso que me entendería. Porque entendió cómo me sentí cuando Tash fue seleccionada para el equipo de netball y yo no.

Y es la única del club que quiere verme en fin de semana.

Y estamos juntas en el consejo escolar.

Suspiro profundo: —¿Tienes algún barniz con brillos?

Ya lo decidí. Voy a terminar de pintarle las uñas, y al mismo tiempo le voy a hablar de Nikki. De esa forma no tendré que mirarla, mientras le explico.

—En el cajón que está detrás de ti— contesta, admirándose las uñas.

Me giro para abrirlo.

La vida es extraña, siempre pensé que a la primera a la que le confesaría mi secreto sería a Tash.

En ese instante aparto bruscamente mi mano, como si me hubiera quemado, porque Lissa grita:

—¡Ese no estúpida, el que está abajo!

Me le quedo viendo conmocionada.

—¡Perdón!— se disculpa, con la cara roja. —Cosas privadas, ya sabes.

No, no sé.

Supongo que ya empezó con sus periodos, a diferencia de mí, y no quiere que sepa. Pero no hay necesidad de gritarme de esa manera.

Es perfectamente natural, además de que he visto los tampones y las toallas que usan Nikki y mi mamá, no es nada del otro mundo...

Me siento pensando en qué decir, pero entonces suena la puerta y la señora Hamilton entra con una charola de sándwiches.

—Hora de un refrigerio.— dice alegremente.

Lissa frunce el ceño. ¿Qué le pasa hoy?

—Gracias— le respondo atentamente, sintiéndome un poco incómoda mientras coloca la bandeja en la mesilla de noche.

—Se ven muy bien.— Añado, nada más por ser amable y para compensar la evidente falta de entusiasmo de Lissa.

La señora Hamilton me sonríe.

—Gracias, querida. No olviden comérselos, Melissa.

Cuando su mamá sale del cuarto Lissa empuja la charola hacia mí.

—Toma los que quieras.

Los inspecciono con detenimiento: queso, espinacas y pan multigrano. Bastante agradables, aunque no son el tipo de golosinas que las mamás sirven cuando te visitan tus amigos.

—¿A tu mamá le preocupa mucho la salud?— pregunto.

—Me deprime, me trata como a una niña— Lisa frunce el ceño.

Tomo uno para ser amable, pero Lissa los ignora. No creo que a ella le importe comer saludablemente, aunque su lunch de todos los días sea como eso.

Le hacemos bromas al respecto y entonces ella nos quita galletas y chocolates para salirse con la suya. Quizá es lo que tiene escondido en ese tonto cajón... ¡Un escondite de chocolates!

Termino de arreglarle las uñas, pero al final no le digo mi secreto. Ya no tengo ganas, hoy está muy gruñona.

Un poco después, la señora Hamilton regresa para recoger la charola. Arruga la frente cuando ve que casi no comimos sándwiches.

—Cómete otro, Melissa— dice.

Pero Lissa responde:

—No, gracias.

—¡Por favor!— La señora Hamilton desliza la charola bajo la nariz de su hija. —Nada más uno— persiste con voz de mimo, como si Lissa siguiera siendo un bebé y ella estuviera tratando de convencerla de comer.

Lissa la mira con ojos indiferentes.

—¿Qué parte de "no, gracias" no entiendes?— dice mientras aparta bruscamente la charola.

¡Qué grosera! Yo nunca sería así de grosera con mi mamá, especialmente frente a mis amigos... Aunque mi mamá no es tan molesta como la de Lissa.

Me pregunto qué está pasando, ¿por qué Lissa está de tan mal humor?, ¿y por qué su mamá la trata insistentemente como a un bebé?

Aunque no me agrada desperdiciar comida, porque hay demasiado despilfarro de recursos en el planeta, nosotros no pedimos esos sándwiches y alguien más se los puede comer después...

Y, odio decir esto: pero no es que se vayan a quedar sin dinero por unos sándwiches.

Pero la mamá de Lissa actuó como si su hija fuera a morirse si no se los comía.

Lissa alza la vista y se da cuenta de que la miro fijamente.

—¿Qué?

—¿Eres anoréxica?— se me escapa decirle.

A pesar de que lo digo, sé que no puede ser. Como dije, en la escuela siempre está devorando las golosinas de nuestras loncheras.

—¡No!

Para mi tranquilidad se ríe fuerte y estoy segura de que dice la verdad, pero ocurre algo gracioso. Tiene los ojos llorosos.

—¿Estás bien?— le pregunto alarmada.

De verdad, ya no sé qué esperar de ella: primero me grita, luego es grosera con su mamá y ahora está a punto de llorar.

Asiente con la cabeza, tallándose enérgicamente los ojos con las palmas de las manos.

—Estoy bien, es sólo que...

Duda, como si estuviera a punto de decirme algo importante, en ese momento se escucha la voz de su mamá subiendo las escaleras.

—Alice, querida, ¿quieres que te lleve a casa?

Lissa gruñe de la frustración, yo me paro obedientemente.

—Tengo que irme— luego, le respondo a su mamá: —No, gracias. Me iré en autobús.

—¿Te da miedo que se vea cara a cara con tu papá?— pregunta Lissa en tono burlón.

—Sí, la verdad— admito. Y ella me sonríe tímidamente...

—Necesitamos mantener a esos dos alejados— asegura.

Le devuelvo la sonrisa y digo: —¡Seguro!

Pero no le digo que también quiero mantener a su mamá muy lejos de Nikki.

Se levanta y me da un abrazo.

—Lo siento, Ali... ya sabes...

—No hay problema— le respondo, aunque no tengo idea de qué quiere decir con "ya sabes".

Me urge llegar a casa.

Casi le digo a Lissa mi secreto.

Y tengo el extraño sentimiento de que ella estuvo a punto de contarme uno.

⚿ Capítulo 21

Nikki y Greg se mudaron a su nuevo departamento de lujo.

Papá no está muy contento. En realidad, eso se queda corto.

Él y Nikki tuvieron una gran pelea al respecto, y se dijeron montones de cosas ofensivas e irrepetibles.

Al final, él gritó:

—¡Si te vas con ese tipo, ya no me hables nunca!

Ella le respondió:

—¡Pues no se me ocurre una mejor idea!, ¡me voy!

Y desde entonces no se han hablado.

El domingo en la tarde mamá y yo vamos a conocer el departamento. Papá se niega a acompañarnos.

—¿Por qué compraste estos?— le pregunto a Nikki, mientras inspecciono las nuevas cazuelas y sartenes de su cocina.

Al mismo tiempo, ella orgullosa enciende su nueva máquina para preparar café capuchino.

—Tú no cocinas— le digo.

—Son de Greg. Se cree Jamie Oliver. Mira— Señala una hilera de libros de cocina en el librero.

Uno de ellos se llama *Del jardín a la mesa*, los que están a un lado se llaman *Cultiva tu comida*, y *Consume alimentos locales*. Estoy impresionada.

—Quédense a cenar si quieren— se escucha una voz desde la habitación contigua, donde Greg está acostado frente a su enorme televisión.

—¿Podemos?— pregunto.

Pero mamá niega con la cabeza y responde:

—No gracias, corazón, en casa tengo un asado de res en el horno.

Mamá llamó "corazón" a Greg. Buena señal. Ahora sólo tenemos que lograr que papá lo acepte.

—¿Qué tiene papá en contra de Greg?— cuestiono en voz baja para que él no pueda oír.

Nikki suspira. Papá hace lo mismo.

—¿Es nada más porque juega para los Fugitivos?

—Sí, y todo lo demás.

—¿Cómo qué?

Me distrae una linda cacerola que tiene dos recipientes dentro.

—¿Para qué sirve?

—No sé, pregúntale a Greg.

Greg se para frente a la puerta y responde:

—Es una vaporera, seguro que ya has visto alguna. Cuece todos los vegetales en la misma cacerola. Ahorra gas.

—¡Qué padre!, ¿podemos comprar una vaporera, mamá?

—Creo que nos alcanza para pagar el gas de algunos quemadores de la estufa— dice mamá, secamente.

—Ese no es el punto— advierte Greg.

Pero se detiene porque mamá le lanza una de sus miraditas. A mí no me intimida tan fácilmente.

—Quemar hidrocarburos— le recuerdo, —está dañando nuestro planeta.

—Son un par de fósiles, Greg y tú— se queja mamá.

Levanta la vaporera y la analiza.

—Se usan desde hace mucho tiempo, pero yo nunca he usado una, ¿sirven?

Ella y Greg se ponen a conversar detalladamente sobre las vaporeras, yo volteo a ver a Nikki, que batalla con la máquina de capuchino. Nunca pensé que fuera tan difícil preparar una taza de café.

—¿Qué le pasa a esta tontería?— se queja y le da un golpe fuerte. Debería estarse calentando o haciendo algún tipo de ruido.

Mi hermana no es una reina del hogar.

Entonces, digo discretamente, mientras Greg está distraído:

—Dime qué otras cosas tiene papá en contra de Greg.

—¡Ay!— Exclama, apartándose el cabello de los ojos. —¿Por dónde empiezo? Extiende la mano y comienza a contar una lista de cosas con sus dedos. Papá también hace eso.

—Número uno: el hecho de que Greg gana en un mes lo que papá gana en un año.

—Número dos: Greg conduce un carro más grande y rápido que el suyo. En realidad Greg conduce un auto y no una camioneta como él.

Nikki va alzando la voz a medida que entra en materia.

—Número tres: Greg, al igual que yo, disfruta verdaderamente su profesión.

—Número cuatro: Greg sabe como divertir a una chica.

—Número cinco: El hecho de que la familia de Greg provenga de Trinidad...

—¡Eso no es cierto!— interrumpe mamá, de forma tranquila, pero firme. Como cuando quiere contener a papá en sus explosiones. —Tu papá es muchas cosas, pero no racista.

Nikki luce avergonzada, como cuando papá sabe que lo sorprendieron mintiendo.

Greg parece interesado.

—No. Tienes razón, no lo es— admite mi hermana. —Borremos eso, ¡Pero aún hay más!

—Número cinco: que Greg tenga 22 y se pueda comprar su propia casa y papá tenga 44 años y siga alquilándole al condado.

—45.— corrige mamá.

—Papá dice que es mejor rentar que comprar en el momento económico actual.— señalo. Aunque ella no está escuchando.

—Número seis: el hecho de que Greg beba champaña en lugar de cerveza amarga.

—Estás inventando Nik... Yo disfruto bastante un tarro de cerveza amarga y apuesto que tu papá bebía copas espumosas de champaña en su época.

A Greg no parece molestarle que su novia enliste las razones por las que su padre lo odia. Creo que ya las ha escuchado antes.

Nikki lo ignora, igual que papá ignora a todo el mundo cuando está con sus listas.

—Número siete: el hecho de que Greg use ropa de diseñador.

—No siempre— advierte Greg, que está usando una playera de Belstaff y pantalones de mezclilla Armani para una tarde relajada de domingo en casa.

(Confíen en mí, soy la hermana de Nikki, conozco de diseñadores.)

Y créanme, la versión de papá del estilo casual es una sudadera vieja y unos pants.

—Número ocho...

—¡No es tan malo!— interrumpe mamá, con aire indignado. —De hecho se tu padre se arregla bastante bien.

El alegato de Nikki es cada vez más encendido, igual que el de papá cuando se emociona.

—Número ocho: que Greg tome capuchino en lugar de té con leche y dos cucharadas de azúcar.

—No, aquí no tomo... Se supone que primero debes encenderla Nik.

Greg oprime el interruptor y la máquina de café inmediatamente empieza a vibrar y hacer ruido.

—Número nueve— Nikki sigue de cualquier manera. —Nunca le ha gustado ninguno de los chicos con los que he salido.

—Número diez...

—Al fin tienes razón en algo —dice mamá.

—¿De verdad?— Nikki se detiene sorprendida.

—Bueno, creo que esta vez has dado en el clavo. No es a Greg a quien tu padre rechaza— asegura mamá. —Son todos, es difícil para los papás aceptar que sus hijitas ya crecieron.

Especialmente si crecen como Nikki.

—Tú no eres el problema, Greg.— le explico amablemente, —es Nikki.

A Greg se le escapa una carcajada, que inmediatamente cambia por un ataque de tos. Nikki me fulmina con la mirada, tiene la mano en la cintura.

—¿Qué quieres decir?

—Que eres igual a papá.

Parece que a Nikki se le van a salir los ojos. Su parecido con papá es espeluznante.

—¿Qué?— grita ofendida. —¿A ese malhumorado, escandaloso, necio, cascarrabias, sabelotodo, que siempre quiere tener la razón?, ¿que nunca, pero nunca se equivoca?, ¿que no se calla nunca y siempre quiere tener la última palabra?

Hace una pausa para tomar aire y pasar saliva.

—Es un melodramático. ¿Qué te hace pensar que me parezco a él?

—No tengo ni idea.— dice Greg moviendo la cabeza con seriedad.

A mamá y a mí nos da un ataque de risa. Nikki nos mira a todos.

—¿Qué?— pregunta sin entendernos. —¿De qué se ríen?

Esa noche, en casa después de la cena, levantamos la mesa; luego mamá y papá se sientan frente a la chimenea con el periódico dominical, mientras yo hago mi tarea de francés. Casi siempre son así las tardes de domingo en nuestra casa. A mis padres siempre les ocurre algo extraño cuando están instalados así, digiriendo el asado. Hablan como si yo no estuviera ahí. Ocultos tras sus respectivas secciones del periódico, mamá con las noticias y una copa de vino, papá con los deportes y un tarro de cerveza, se olvidan de que estoy ahí.

—El nuevo departamento de nuestra Nikki es muy lindo— dice mamá. —Deberías ir a conocerlo.

Papá solo responde con un gruñido.

—Debes admitir, te guste o no, que le ha ido bien.

Silencio.

—Sé que es así. — Confiesa papá a regañadientes.

Mamá aprovecha su ventaja:

—Ese Greg resulta un chico bastante agradable cuando lo conoces, Colin. Te sorprenderás.

Papá suspira.

—¿Qué caso tiene que lo conozca?

—¿Qué quieres decir?

—No va a estar con ella por mucho tiempo. Le va a dar una patada muy pronto, como al resto. Ya conoces a nuestra Nikki.

Sorprendentemente, la voz de papá suena casi orgullosa por la forma de ser de Nikki.

Espero que se equivoque. Es decir, nunca pensé decirlo, pero aunque extraño a Nikki porque la casa no es la misma sin ella, realmente me agrada Greg.

Papá le da un trago a la cerveza, luego otro, al final eructa satisfecho.

—Perdón, dice sin incomodarse, dejando el vaso a un lado. —Voltea la página del periódico y dice expresivamente: —Sí, es un personaje nuestra Nikki. Se podría escribir un libro sobre las cosas que puede llegar a hacer.

Ahí está otra vez, un tono de orgullo en su voz. Esa cerveza debe estar buena.

—De tal palo, tal astilla, si me preguntan— dice mamá.

Papá se ríe entre dientes:

—Para nada como nuestra Alice.

—Agua y aceite.

Silencio. Espero... *Adelante, padres. Es mi turno, digan algo bueno sobre mí.*

—Se ha adaptado muy bien a la nueva escuela— inicia mamá, como era de esperar.

—Sí, así es— confirma papá.

—Va bien en todas las materias.

—Y está en el consejo escolar.

—En mi época no había.

Silencio.

¿Eso es todo? Alice va a la escuela. Alice regresa a casa. No se podría escribir un *best-seller* sobre eso, ¿o sí?

Espero a que digan algo más, pero después de un rato papá empieza a roncar.

Suspiro profundo. Mis papás no tuvieron nada más que decir sobre mí. Hasta ellos piensan que soy aburrida.

🔑 Capítulo 22

El siguiente juego del equipo de hockey fue de locales, al final de clases, así que me quedé para verlo. Había una lluvia torrencial y el terreno era un lodazal. Ganaron, 3-0, a pesar de que se resbalaban en todos lados. Dani anotó dos goles y Lissa uno.

Dani estuvo fenomenal. La señora Waters dice que en todos los años que lleva dirigiendo al equipo de la escuela, nunca había visto a nadie como a ella, y que va a llegar lejos.

Le propuso inscribirla a una competencia municipal concluido el segundo tiempo, ¡qué suerte!

Al final del juego no se podía distinguir a una persona de otra, todas las chicas estaban cubiertas de lodo de los pies a la cabeza. Aunque valió la pena por la forma en que las aclamaron y aplaudieron cuando salieron del campo.

La señora Hamilton estaba ahí, cubierta por un enorme paraguas. Cuando me vio mojándome, hizo que me cubriera junto a ella. No dejó de quejarse sobre el estado del terreno y estuvo gritando con su voz presumida cada vez que Lissa se acercaba a la pelota.

Al menos la mamá de Lissa estaba ahí. Dani y Tash no tenían a nadie que las viera, excepto a mí. Aunque parecía no importarles. Supongo que sus mamás, como son solteras y tienen que trabajar.

Sé que la mamá de Dani es enfermera, pero no sé a qué se dedica la mamá de Tash.

Hubiera dado lo que fuera por estar en el campo jugando con ellas, a pesar del lodo.

Aunque estoy en el consejo escolar, y déjame decirte que eso es un trabajo de tiempo completo en sí mismo.

Las cosas van bastante bien. Tuvimos nuestra primera reunión del consejo escolar. Había un orden del día, que se entregó con anticipación a cada uno de los asistentes. Tenía 3 puntos:

1. Discurso y bienvenida a los nuevos miembros del consejo escolar de parte de la directora.
2. Resumen de las metas y objetivos del consejo escolar.
3. Recaudación de fondos.

—¡Qué horror!— se quejó Tash cuando vio el orden del día y se puso a bostezar dándose palmadas en la boca.

Dani se río. No puedo culparlas, no sonaba precisamente emocionante. Aunque, de hecho, la junta estuvo mejor de lo que pensé.

El punto tres era el interesante. La señora Shepherd dijo que después del húmedo inicio de la temporada, le gustaría construir un terreno de hockey techado, lo que nos hizo a Lissa y a mí enderezarnos en nuestras sillas, pero luego dijo que el financiamiento había sido recortado...

—Así que vamos a tener que juntar el dinero nosotros,— continuó. Por lo que volvimos a animarnos. —pretendo realizar dos eventos para recaudar fondos este semestre, uno antes de las vacaciones de octubre y otro en navidad. Voy a necesitar dos estudiantes de recién ingreso y dos de grados mayores para que se encarguen de organizar cada uno de los eventos.

Un montón de manos se alzaron, y ¿adivina qué?

¡Lissa y yo fuimos elegidas para organizar el evento de recaudación de octubre!

Al otro día le contamos a todas las de nuestra clase y les pedimos sugerencias.

—¡Hagamos una discoteca!— propone Tash y todo mundo aplaude.

—¿Qué tal una subasta?— sugiere Chantelle. —Hicieron una en el trabajo de mi papá y recaudaron un montón de dinero.

—¿Una subasta?— cuestiona Zadie, con un gesto desdeñoso, aunque creo que esa es su expresión de siempre.

—¡No te burles! Fue una subasta especial, llamada "subasta de promesas", en la que la gente prometía hacer cosas por ti y tú hacías tu oferta por ellas.

—¿Cómo la tarea de matemáticas? ¡Le pagaría a alguien porque me la hiciera!— dice Dani, veloz como un rayo, y todas reímos.

—Puede ser cualquier cosa. Le pediré a mi mamá que le patrocine a alguien un arreglo de uñas en el salón al que va.

—Mi tía trabaja en "Cortes y colores", puede hacerles un corte de cabello o un peinado— menciona Georgia.

Y todas empiezan a competir para ofrecer los servicios de mamás, papás, tíos y tías.

—También pueden donar cosas— añade Georgia. —Tengo una foto autografiada de Titch Mooney que puedo darles.

Dani se queda con la boca abierta. Titch Mooney es su héroe del futbol.

—¿No la quieres?— le pregunta a Georgia.

—Tengo dos iguales.

—¡Cielos, debe ser mía!, ¡nadie ofrezca nada!— suplica Dani con la voz entrecortada, casi femenina.

—¡Yo prefiero una foto de su novia!— opone Tash.

Y todas empiezan a hablar a gritos sobre la "pareja maravilla" porque Titch Mooney es el novio actual de Alana de Silva.

—¡Una noche con Alana de Silva!— Eso es lo que llamo un premio que vale la pena ganar. Le voy a escribir a su página de Internet para preguntarle si se ofrece como premio.

—¡Nunca aceptaría!— se burla Dani.

Pero Tash insiste en que vale la pena intentarlo.

—Parece que una subasta de promesas es una opción popular— dice la señorita Webb. ¿Alguien más tiene otra idea?

—Mi vecino recorrió la muralla China para recaudar dinero para el hospicio, dice Chloe.

—Muy lejos— dice la señorita Webb.

—Alguien en el periódico escaló el Everest.— Añade Emma, para no quedarse atrás.

—Muy alto— dice la señorita Webb.— Piensen en algo más cercano a casa, dice la señorita Webb. ¿Alguna otra sugerencia?

Hay muchísimas. Casi todas del tipo del salto en paracaídas, vuelo con planeador y cualquier otro deporte extremo que se te ocurra.

—Pensaba en algo un poco más seguro— dice la señorita Webb, mientras se cubre los oídos con las manos, cuando las chicas gritan sus propuestas. —Y que sea menos ruidoso.

Pero en eso alguien propone una pijamada en la escuela y todas gritan:

—¡Sí!

Pero la señorita Webb que hace una mueca de desaprobación.

Entonces se me ocurre una idea. Austen me contó de algo que tienen en su escuela.

—¿Qué tal un jardín de paz?

—¿Qué es eso?

Treinta caras, incluyendo la de la maestra, se me quedan viendo.

—Originalmente eran memoriales para la gente que moría en la guerra...

—¿Un memorial de guerra?— Lissa parece confundida.

—Pero no tiene que ser eso. Son sólo jardines... podríamos crear uno aquí en la escuela.

—¿Para qué?

—Son lugares pacíficos, tienen flores, fuentes y esas cosas. Vas y te sientas ahí si quieres estar tranquila.

Desearía que la gente no me mirara como si me hubiera crecido otra cabeza o algo así.

—Es una linda idea Alice— advierte la señorita Webb, quien obviamente es la única persona que lo piensa. —¿Pero cómo recaudaríamos dinero?

—¿Eh?... No había pensado en eso, pero supongo que podríamos cobrar la entrada.

—¿Pagar por sentarte en un viejo jardín y estar callada?— cuestiona Chantelle.

—Se supone que debe ser divertido— añade Georgia.

—Prefiero ir a jugar *gotcha*.— expone Dani.

—¡Sí!

Las chicas empiezan a entusiasmarse, a gritar y a dar palmadas en los escritorios.

La puerta se abre, es la directora, la señora Shepherd. Todas se callan.

—Son las ideas para la recolección de fondos— explica la señorita Webb avergonzada, como si ella hubiera estado haciendo ese ruido.

La directora arquea la ceja dubitativa.

—Proponen gotcha— avisa la señorita Webb.

—¿Gotcha?— cuestiona la directora.

Como si quisiéramos apuñalar maestras o comernos osos polares.

—¡No es exactamente lo que tenía en mente!

Mira por encima de sus lentes y busca con la vista, sus ojos se detienen en mí. Tengo un hoyo en el estomago. No es justo, yo era la única que no hacía ruido.

—Alice— dice, —mañana a la hora del lunch me gustaría que me presentaras algunas ideas sensatas para recaudar dinero.

Luego desaparece por el corredor.

—Alice tiene muchas ideas sensatas...— dice Georgia, pero no suena a cumplido.

—Como la del jardín de paz— añade Zadie.

—¡A-bu-rri-da!— remata Chantelle.

Se escuchan risitas por todo el salón. Mis mejillas se ponen más rojas.

—Creo que es una gran idea, Ali— me reconforta Tash, mirando fijamente a todas.

Pero sé que está mintiendo. Ya no quiero un jardín de paz.

—Un jardín necesita mucho tiempo para estar en buenas condiciones, dice la señorita Webb. Lo que necesitamos es un evento que nos permita ganar dinero rápido de un solo golpe.

Parece ser que la decisión estará entre la discoteca, la subasta o la pijamada.

A menos que se me ocurra algo diferente.

Capítulo 23

En la noche les cuento a mis papás sobre nuestra misión para recaudar fondos. Por supuesto, mi papá se queja, diciendo cosas como:

—Pensaría que en una escuela como esa tienen los recursos para financiar su propia cancha techada..., ¿o esperan que seamos nosotros los que paguemos siempre?

Pero cuando mamá empieza a proponer cosas, él también se involucra y, una vez en marcha, ese par resulta peor que mis compañeras de clase, tratando de superarse el uno al otro.

—Una venta de pasteles— dice mamá. O una degustación de vino y queso.

—Lavado de autos.— Propone papá.

—¡A-bu-rri-do!, digo, recordando a Chantelle.

—Un bazar navideño.

—Es en octubre— les recuerdo.

—Un picnic.

—¿Cuántos años creen que tenemos?

—Un bingo.

Dije que "¿cuántos años creen que tenemos?", pero no me están escuchando.

Necesito hablar con alguien razonable.

¡Con Austen, no! No, después de que el jardín de paz fue un fracaso total.

Así que mejor le llamo a Lissa, pero ella tampoco está teniendo mucha suerte. Sus padres sólo sugirieron recolectar fondos a través de corporaciones, lo que básicamente significa pedirle a alguien rico que te patrocine.

—Bueno, tal vez no es tan mala idea— le digo, pensándolo.

—Debes conocer un montón de gente rica.

—Sí conocemos, pero son codos. De todos modos, la señorita Webb dijo que la idea es que organicemos un evento, no que sólo le pidamos dinero a la gente.

Tiene razón. Cuelgo. Se escuchan carcajadas que vienen de la sala, donde mis peculiares padres cuarentones se divierten de lo lindo compitiendo entre sí para ver a quién se le ocurre la actividad de recaudación más boba.

—¡Lanzamiento de botas!— grita papá.

—¡Ponle la cola al burro!— proclama mi mamá.

De verdad necesitan una vida.

Suspiro profundo. Esto es mucho más difícil de lo que imaginé. Necesito pensar en algo bueno con urgencia, y que les guste a todas.

Es muy importante para mí. Porque, básicamente, me temo mucho que cometí una tontería. Me he empeñado tanto en probarle al mundo (y a mí misma) que no me parezco para nada a mi hermana, que me fui al extremo.

Yo sola me arrinconé y ahora todo mundo tiene una opinión equivocada de mí: ¡todos piensan que soy aburrida!

Por eso, lo que más quiero ahora es probarle a todos que en realidad Alice Grimes no es aburrida.

Sólo porque no soy genial en deporte como Dani, o bonita y divertida como Tash, o refinada y ambiciosa como Lissa, no significa que sea una perdedora.

Sí, tengo conciencia social, pero también quiero divertirme como todos. ¡En verdad!

Sólo hay una persona que puede ayudarme a salir de este aprieto: Nikki.

Le llamo. Y sorprendentemente me contesta de inmediato.

—¿Dónde estás?— Escucho música a todo volumen, ruido, una voz al micrófono, risas, aplausos.

—En un desfile de modas, ¿qué quieres?

—Nada.

—Estoy ocupada, Alice.

No sé qué decir. Mis ojos se humedecen. No debí llamarla.

—¿Qué pasa Ali?— su voz suena impaciente. —¿De qué se trata?

—Necesito ayuda...

Mi voz es poco más que un susurro.

—¿Por qué?, ¿qué pasó?

—Nada, es sólo la escuela.

—¿Te hicieron algo malo?

La voz de mi hermana suena más amable. Hace que se me derramen las lágrimas y mi nariz escurra.

—No— respondo. Pero sueno completamente ronca, luego aclaro mi garganta: —Necesito ayuda con el consejo escolar.

—¿Me estás pidiendo ayuda para hacer la tarea?— pregunta incrédula. —Ve con mamá o a papá.

—Necesito a alguien razonable.

Hay una pausa. Su voz vuelve. Esta vez suena contenta

—¿De qué se trata?, ¡date prisa!

—Necesito pensar en un evento de recaudación de fondos. Que sea muy divertido y con el que ganemos mucho dinero.

Hay un silencio. Casi puedo escuchar el sonido de las ideas que produce su cerebro. Después dice:

—Ven acá. ¡Ahora mismo!

—¿A dónde?

—Al ayuntamiento.

—¿Cómo?

—Te voy a mandar un taxi. No le digas a papá, va a decir que no.

Y antes de que yo pueda negarme, cuelga.

Siento un revuelo en el estomago. *¡Alice escapando de noche sin que sus padres se enteren!, ¿qué sigue?*

No me siento como yo, me siento como mi hermana.

Desearía que pudieran verme ahora Georgia, Zadie, Chantelle, y todas las niñas de mi clase que piensan que soy aburrida.

No tengo mucho tiempo, el taxi no tardará en llegar. Me aseguro de tener mi llave, luego abro la puerta de la sala.

Mis padres se divirtieron tanto que quedaron muertos de cansancio, están tendidos en el sofá escuchando una espantosa música de los ochenta, de cuando eran jóvenes.

—Me voy a dormir,— digo con frialdad. —¡y no quiero que me molesten!

—Perdón.— dice mamá sumisamente. —Nos entusiasmamos un poco...

—Bueno, nada más no hagan ruido— pido con seriedad y cierro la puerta.

Pego mi oído para escuchar. Mis papás se ríen tontamente, como un par de niños traviesos. ¡Bien, Alice!

Salgo en silencio por la puerta trasera para esperar al taxi. Cuando llega le digo:

—Al ayuntamiento— lo pronuncio lo más solemne que puedo.

Diez minutos después el taxi se detiene frente al gran edificio gris con las columnas de piedra, en el centro de la ciudad.

—¡Caray!— exclama el taxista.— ¡Mira nada más!

Mi hermana me está esperando en los escalones. Está cubierta de los pies a la cabeza de pintura dorada. Viste un corsé negro, un mini-short de seda y un antifaz brillante. Tiene el cabello recogido con un tocado de plumas.

A papá le daría un ataque.

El taxista sale de inmediato con la intención de abrirme la puerta, pero sé que es porque quiere ver mejor.

—Debes estar congelándote— le digo a Nikki.

Pero me ignora y le entrega al taxista unos billetes. Él no puede dejar de verla.

—Anda...— me dice, ignorándolo a él esta vez, y me toma del brazo.

Dentro de la enorme sala pública, en la que se realiza el festival de primavera, el show de mimos o las juntas sobre presupuestos de la ciudad, hay algo diferente:

Filas y filas de mujeres emocionadas y parlanchinas están sentadas frente a una pasarela, que sale del escenario. Hay luces y flores por todos lados. El lugar está a reventar.

Estoy parada al fondo. Me quedo helada pues alcanzo a ver a una mujer sentada unas filas enfrente de mí. Está cuidadosamente peinada, usa un pañuelo de seda, y, aunque sólo la veo de espaldas, la reconozco de cualquier manera: es la señora Hamilton.

Empiezo a sentir pánico. Si me ve aquí le va a decir a Lissa. Entonces Lissa me va a preguntar enfrente de las demás, alguien va a atar cabos y mi secreto se va a descubrir.

—Quédate aquí— dice Nikki, ajena a todo. —Ya casi acaba, sólo falta el gran final.

Y se va. Segundos después se me ponen los pelos de punta, cuando la música empieza a sonar a todo volumen, hay humo esparciéndose por el escenario. Chicas altas, delgadas, de piernas largas empiezan a avanzar por la pasarela frente a mí, vestidas con todas las combinaciones posibles de atuendos alocados y tacones impresionantes. Todo mundo aplaude.

Van y vienen por un rato, inexpresivas, dando vueltas, pavoneándose, pasan una a lado de la otra, como en una pista de fórmula uno. Es un milagro que no choquen.

La gente empieza a aplaudir con ritmo, por un instante es muy divertido.

Súbitamente hay una gran explosión de luz y sonido, al tiempo que truenan los fuegos artificiales, las luces empiezan a girar y a descender, la música suena tan alto que casi te revienta los tímpanos.

Mi hermana aparece sobre una plataforma que lanza chispas directo al techo, sostenida en lo alto por cuatro chicos musculosos, bronceados y sin camisa.

Todo el mundo estalla. Incluida la señora Hamilton.

Siempre ha sido una exhibicionista, nuestra Nik.

🔑 Capítulo 24

Cuando termina el espectáculo, Nikki se pone un abrigo sobre el traje y nos subimos a un taxi. Miro hacia todas partes con nerviosismo, aunque no hay señales de la señora Hamilton.

—¿A dónde vamos?

—A mi casa. No puedo andar por la ciudad vestida así— Mira su reloj. —No te preocupes cenicienta, me aseguraré de que estés en casa antes de convertirte en calabaza.

—Cenicienta no se convirtió en una calabaza, fue su carruaje— le aclaro.

Ella bosteza y dice: —¡Alice!, ¿a quién le importa?

Pero luego me pone atención cuando le cuento la forma en que se rieron de mí en la escuela por ser aburrida.

Greg no parece sorprendido de que llegue con Nik.

Tampoco le sorprende en lo absoluto que su novia haya cambiado de color y esté vestida como una conejita.

Sólo trae otro plato y divide el espagueti carbonara entre tres, mientras mi hermana se da una ducha.

Recién bañada y en pijama, Nikki se ve totalmente diferente. Otra vez parece mi hermana: joven y bonita.

—¿No hay vino para la cena?— pregunta, viendo con decepción su vaso de agua mineral Perrier.

—Es muy tarde...— dice Greg. —Tienes trabajo mañana temprano.

Si papá le hubiera dicho eso, se hubiera puesto histérica, pero sólo hace una cara y le da un trago al agua.

—¿Entonces, qué te pareció?— me pregunta, llevándose un bocado de pasta a la boca.

—¿Qué?

—El desfile de modas, tonta.

—Estuvo bien.

Nikki se queda con los ojos en blanco y mira hacia la ventana. Aunque viniendo de mí en verdad es un elogio; porque no estoy de acuerdo con la moda y lo sabe.

—¿Para qué me pediste que fuera?

—¿Para qué me pediste ayuda?— me recrimina molesta, mientras sigue viendo a través de la ventana las luces de la ciudad, con el mentón recargado sobre su mano. Nikki estuvo bien esta noche, más que bien; fue la estrella del espectáculo. Nadie podía quitarle los ojos de encima. Fue la razón por la que toda esa gente estaba reunida. Todo el éxito fue por ella, como cuando Dani sale al campo de hockey.

Mi hermana es la Dani de la pasarela.

—De hecho,— susurro —me pareció que estuviste brillante.

—¡Aleluya!— grita, y me abraza pasando sus los brazos por mi cuello, con tanta fuerza que me duele.

Me mira fijamente a los ojos.

—Escúchame, Alice...— su voz es seria. —¿No necesitabas un evento para recaudar fondos?

—Sí.

—Uno que consiga mucho dinero.

— Así es.

—Que sea divertido y emocionante. Que haga que esas presumidas de tu escuela se enteren de quién eres.

—Sí.

—¿Ustedes poniéndose de acuerdo?— pregunta Greg.

Nos reímos y la tensión entre nosotros desaparece.

—No son unas presumidas,— justifico a destiempo —son mis amigas.

—Pues muéstrale a tus "amigas" de que estás hecha. Impresiónalas.

—¿Cómo?

—Haz un desfile de modas.

Su cara está iluminada. Ya lo viste, ya sabes cómo son. Son increíbles.

—Lo sé...

—Por favor, Alice. La moda es increíble. Organiza un desfile espectacular como el que viste esta noche, y muéstrale a todas de lo que eres capaz. Regálale a la Academia Riverside para niñas una noche de canto y baile espectacular y alucinante. Para recordar, sin límites.

Me estremezco de la emoción. ¡Les va a encantar!, ¡lo sé!

A Tash, Lissa, Georgia, Zadie, Chantelle, ¡a todas (a Dani, quizá no)!

Y van a ver, de una vez por todas, que Alice Grimes no es la persona más aburrida del mundo.

—¿Dónde voy a conseguir la ropa?

—Tengo contactos. Te ayudaré.

—¿Y la música?

—No hay problema.

—¿Y la pasarela, y las luces, y las flores...?

—Ya te dije, yo te ayudaré. Los dos lo haremos... ¿verdad, Greg?

—¡Claro que sí!— Greg asiente con amabilidad y los tres sonreímos. —Entre todos podemos lograrlo.

—¡Te lo prometo, va a ser sensacional!— asegura Nikki, irradiando felicidad. —No sólo todos va a tener la mejor noche de su vida, además vas a conseguir toneladas y toneladas de dinero, de forma muy sencilla...

Mi sonrisa desaparece.

—No sé...

—¿Qué quieres decir con no sé?— Nikki me mira como si me hubiera vuelto loca. Quizá sí.

—No está bien...— digo tajantemente.

—¿De qué hablas?— Nikki gruñe, como un perro enojado. —¿Qué?, ¿quieres decir que toda la industria de la moda es un error?

—Bueno...— me esfuerzo por expresar coherentemente mi pensamiento. —¿No se trata sólo de consumismo?

—¡Ya vas a empezar!

—¡No! Escucha: es sólo una manera de hacer que la gente gaste dinero en más ropa. Ropa que no necesitan y que no pueden pagar...

—Hecha por gente que trabaja muchas horas y le pagan muy poco— añade Greg

Lo miro sorprendida de que haya completado mi pensamiento. ¿Se está burlando de mí?

Nikki se le queda viendo.

—¡No empieces!

—Es verdad, Nik. Alice tiene razón. Sabes que sí.

—Eso no te impide comprar pantalones de mezclilla Armani, ¿o sí?

—No, pero eso no lo hace correcto— dice con suavidad.

—¡Son un par de amargados!

—¡No soy una amargada!— digo muy molesta. —¡Greg tampoco!

Obviamente Greg no es un amargado. Es una de las personas más buena onda que conozco.

Trato de compartir mis sentimientos con Nik porque se trata de algo importante, verdaderamente.

—Me gusta verme bien, claro que sí. Pero la moda explota a mucha gente, especialmente en los países pobres.

—También explota a las mujeres occidentales. Todas esas chicas que aspiran a ser talla cero, esos percheros humanos, huesudos, que se ven en las pasarelas.— señala Greg.

—¿Qué?— balbucea Nikki.

Y yo salgo en defensa de Greg.

—Como esa chica que se mato de hambre, ¿recuerdas?

Una imagen de Lissa aparece en mi cabeza, rechazando los sándwiches de su mamá, pero trato de apartarla. No es el momento. Tengo bastantes asuntos que resolver en este instante.

Greg asiente con la cabeza.

—Se honesta, Nik. También a ti te preocupa, lo has pensado.

Nikki exhala despacio. —De acuerdo, no digo que sea perfecto. Creo que esa parte del negocio está cambiando, me alegra decirlo. No todas somos talla cero, ¿sabes?

—¡Gracias al cielo!— dice Greg.

Ella está a su lado. Él la abraza y ella prácticamente desaparece entre sus brazos. Cualquiera es minúsculo comparado con él.

—Pero la gente tiene demasiada ropa— recalco. Y añado con pesar, —No puedo hacerlo, Nikki. No puedo promover un evento que anime a la gente a que gaste dinero que no tiene en ropa que no necesita, nada más para recaudar dinero para un campo de hockey.

—Te pareces tanto a papá— se queja. ¡Tan criticona!

Pero se equivoca. Papá no sabe nada de moda, lo que odia es el estilo de vida de mi hermana. Él no sabe que ha cambiado desde que se mudó con Greg. Se ha calmado muchísimo.

—¡Lo siento, de verdad!

Los miro a ambos. Honestamente, nada me gustaría más que ir a la escuela mañana y decir "hagamos un desfile de modas", pero no puedo evitar sentirme mal.

Greg me mira comprensivo, pero Nikki se ve realmente decepcionada.

—Pasas demasiado tiempo con ese ñoño guerrero ambiental, tu novio, ese es tu problema. Sólo quieres ser ética.

Dice "ética" como si fuera un insulto.

—No es cierto. Ya casi no veo a Austen.

Es verdad. Desde que le dije que no podía ir con él al cine, casi no hemos hablado. He estado ocupada con mis amigas y el consejo escolar. Asumí que él también estaba ocupado. Me doy cuenta de que he estado tan absorta por mi nueva vida que casi olvido la anterior.

Le he fallado a Austen.

—Además, él no es mi novio.— añado por pura costumbre, aunque no me está escuchando.

—Hubiera sido genial— susurra Nikki. —¡Lástima! Estaba ansiosa por participar... Bueno, es mejor que llegues a casa antes de que se den cuenta de que escapaste. Te pediré un taxi.

—No hay problema, yo puedo llevarla.— ofrece Greg.

—No es necesario.

—Insisto— dice tomando sus llaves y girándolas un poco. —Vamos, Alice. Tengo algo que contarte, podemos hablar en el camino.

—¿Qué?— reclama Nikki. —¿Es sobre mi cumpleaños?

Pero Greg finge demencia y me sonríe.

—¡Ah, con que tienen secretos!— Nikki se burla. —No te preocupes, me vas a tener que contar cuando regreses.

—¡Ya veremos!

Ella bosteza y dice: —No, en realidad me voy a la cama. Quiero dormir. No me despiertes cuando regreses. Necesito mi sueño de belleza.

¿Desde cuándo nuestra Nikki se acuesta temprano? Está bien que es casi media noche, pero créeme, es temprano para ella.

Papá estaría feliz de ver cuánto ha cambiado. Pero no lo va a hacer, ¿o sí? Porque es muy necio.

Quizá yo también soy necia.

Cuando llegamos a casa, Greg quiere tocar a la puerta y dejarme a salvo en manos de mis padres, pero logro convencerlo de que no es una buena idea.

—¡Ustedes las Grimes!— se queja, moviendo la cabeza. —Me compadezco de su viejo...

Hace lo que le pido y me deja al principio de la calle. No tengo dificultad para volver a entrar a la casa. Mientras subo las escaleras de puntitas, puedo escuchar los fuertes ronquidos de papá y los más discretos de mamá, saliendo de su cuarto.

No me sorprende que Nikki haya entrado y salido de esa manera durante años...

Me acuesto y pienso en la idea que me dio Greg de camino a casa.

Acaricio la idea como si fuera un cojín suave y calientito...

Este plan le devolverá lo divertido a la recaudación de fondos y les va a demostrar a todos que Alice Grimes, definitivamente, no es la persona más aburrida de este mundo...

Tengo que convencer a Lissa para que me ayude. Pero antes de hablar con ella, tengo que hablar con alguien más...

¡No hay tiempo que perder! A pesar de que es media noche, llamo a Austen.

🔑 *Capítulo 25*

Austen es brillante. Hablamos durante mucho tiempo. Tiene muchas ideas para mejorar la propuesta de Greg.

Luego le hablo a Lissa, y aunque ya es el otro día, lo primero que me dice es:

—¿Qué estabas haciendo en el desfile de modas?

Después de todo, su mamá me vio. Intento controlar el pánico y pensar rápido.

—Este... Mi hermana.... me pidió que la acompañara...

—¡Qué suerte! Mi mamá dijo que estuvo increíble. ¿Qué te pareció...?

—Escucha,— la interrumpo a media frase. —Tengo un proyecto en mente para nuestra colecta...

Le esbozo el plan rápidamente y, para mi alegría, está completamente de acuerdo. Ahora lo único que tengo que hacer es convencer a las demás compañeras mañana.

—¿Un desfile de modas?

Los ojos de todas se iluminan, menos los de Dani. Pero como es Dani no lo tomo personal.

—¿Todas podremos ser modelos?— pregunta Georgia.

—Sí.

—¡Cielos!— los sueños de Tash se acaban de volver realidad. —¡Voy a poder caminar en una pasarela! Va a haber una, ¿verdad?

—Sí, habrá una pasarela.

Da un gritito y parece que se va a desmayar de la felicidad. Todas empiezan a aclamar al mismo tiempo.

—¿Qué ropa vamos a usar?

—Será una nueva marca.

El volumen aumenta. Parece como si un enjambre de abejas hubiera entrado por la ventana del salón y estuviera zumbando con frenesí.

—¿Una nueva marca?

—¿Cómo se llama?

—MC

—Nunca la había escuchado.

—¿Es MC, de moda casual?

—No, quiere decir "Moda con conciencia", digo valientemente.

Es el lema que Austen inventó.

El murmullo se detiene.

—¡A-bu-rri-do!— reclama Georgia y mi corazón se encoge.

Pero Lissa la interrumpe: —¡Cállate, Georgia, y escucha!

Georgia está tan sorprendida que por una vez hace lo que le piden.

Todas me miran. Nuestra primera clase casi termina, el tiempo se está acabando. Sólo quedan algunas horas para sacar adelante esta idea. Trago saliva. Pero sé MC es una gran idea.

Pero tengo que persuadir a mi grupo y, en segundo lugar, tengo que convencer a la señora Shepherd.

Respiro profundo. Es el momento.

—Moda con conciencia significa que podemos reciclar nuestra ropa en lugar de comprar nueva.

—¿Vamos a caminar por la pasarela con nuestra ropa vieja? —pregunta incrédula.

—Sí. Entre más vieja, mejor.

Dani se reanima un poco. Aunque por otro lado, Tash ya no se ve tan emocionada.

—¿Frente a toda la escuela?— dice perpleja. —¿Te refieres a nuestra ropa favorita?

—No, me refiero a las prendas que tienen colgadas al fondo del closet y que nunca usan.

Todas empiezan a murmurar y escucho risitas. A Tash le está costando trabajo entender

—¿Las cosas que no nos gustan?, ¿Cómo las compras impulsivas?

—Sí, las prendas de las que se han olvidado completamente. Si no les gustan, cámbienlas.

—¿Cambiarlas?

—Vamos a adaptarlas, usarlas al revés, transformarlas en nuevas prendas. Les daremos un toque de glamour. Seremos diseñadoras.

La mayoría se me queda viendo sin comprender, pero una o dos empiezan a parecer interesadas.

—Busquen en sus desvanes, les digo.

—No pongo la ropa en el desván— advierte Zadie como si estuviera ofendida, y las demás se empiezan a reír fuerte.

—No,— dice Lissa en mi rescate —pero si su mamá es como la mía, ella sí lo hace. Pídanle que las deje buscar entre sus cosas viejas.

—A nuestra bodega le vendría bien una limpieza— dice Tash pensativa.

—Mi mamá tiene muchísimos vestidos elegantes que ya no usa porque están pasados de moda— explica Lissa. Pero no los tira porque le costaron muy caros. Nada más se están maltratando en el fondo de su guardarropa. Algunos de ellos dejaron de usarse desde el siglo xx.

Todas hablan al mismo tiempo:

—Mi mamá tiene cosas de cuando era adolescente, de los ochenta, guardadas por ahí.

—Me encanta la ropa de los ochenta, es súper retro.

—Mi mamá se puso uno de esos vestidos para una fiesta la semana pasada. Lo compró hace como veinte años. Y de hecho, se veía genial.

—¡Mi mamá todavía tiene un vestido largo de los setenta!

—¡De los setenta! Tu mamá debe tener sus buenos años.

—Sí. Me encantan los vestidos largos.

—Mi abuela todavía vestidos de la diseñadora Mary Quant, de los sesenta.

—¡Cielos! Son de época. ¡Me encantan!

—Los debería vender en E-bay, haría una fortuna...

—También tiene pantalones acampanados Levi's, ¡con campanas de verdad!

—¿Ya existían en esa época? Yo uso Levi's.

—¿No les encantan esas playeras teñidas de colores que se usaban en los sesenta?

—¿Y los vestidos entallados con cinturones anchos y las faldas amponas que usaban en los cincuenta?, ¿cómo los que usaban en *Vaselina*?

—Sí, y en esta otra película *Dirty Dancing*.

Todas hablan y hablan emocionadas a gritos. La señorita Webb voltea a verme y me sonríe. Está de mi lado, estoy segura.

—Entonces, ¿quieren participar niñas?— pregunta. —¿Quieren organizar un desfile de modas con conciencia para recaudar los fondos necesarios para construir la nueva cancha?

—¡Sí!

La señorita Webb se ríe. Ahí está su respuesta. Creo que es una gran idea.

—Muy bien, Alice y Lissa.

—En realidad, —explica Lissa con modestia —fue idea de Alice.

Todas voltean a verme. Respiro profundo. Si ella fue honesta, yo también debo serlo.

—De hecho, fue idea de mi hermana.

—¡Qué buena onda tu hermana!— Georgia me sonríe aprobatoriamente.

Siento que me voy a desmayar.

—Bueno, independientemente de quien haya tenido la idea, dice la señorita Webb, nos convencieron a todas.

—Una última cosa...— titubeo.

—¿De qué se trata Alice?

—No creo que todo el dinero que recolectemos deba ser para la cancha.

La señorita Webb arquea las cejas, sorprendida.

—¿Por qué no?

—Creo que deberíamos repartirlo entre la cancha y apoyar la educación en Somalia. Podríamos adoptar una escuela y ayudarlos a comprar libros. ¿Sabe, maestra?, nosotros podemos hacerlo, ellos no.

Todas están de acuerdo y nuestra maestra sonríe con aprobación.

—Yo estoy de acuerdo, Alice. El problema es si la señora Shepherd también.

—Lo hará si se le presenta la idea de la forma adecuada— Lissa, asegura de improviso.

—Podríamos hacer una presentación— sugiere Dani.

—¡Como en la serie *El aprendiz*!— dice Tash con un alarido. —¡Quiero estar en el equipo de Ali!

—¡Yo también!— gritan Lissa y Dani

Y, de repente, todo mundo quiere estar en mi equipo. Pero la campana suena y todas abuchean, al tiempo que la señorita Webb dice:

—Ya no hay tiempo. Alice, ahora depende de ti.

Me pide que me quede para que hablemos brevemente.

Aprovecho, ahora que nadie más está escuchando, para explicarle todo mi plan. Le digo exactamente lo que tengo en mente. Ella también da un alarido, como Tash, y salta contenta.

—Pero recuerda Alice...— me advierte, una vez que está calmada. —La Academia Riverside nunca ha hecho algo como esto. Te va a costar trabajo convencer a la directora de que el desfile es una buena idea. Dile cuánto crees que se podrá recaudar con este evento. Pero no abundes en detalles, ¿sabes a lo que me refiero?

Asiento firmemente

—Sí, señorita Webb. No se preocupe.

Aunque empiezo a sentirme nerviosa.

La maestra sonríe comprensiva. Aunque luego mira con culpa hacia la puerta del salón, como si esperara de alguna manera que la directora estuviera oculta, escuchando a escondidas. Tiene miedo de que entre y le diga que está despedida.

¡Quizá lo haga después del desfile!

A la hora del lunch, me siento frente a la oficina de la señora Shepherd, viendo las manecillas del reloj avanzar. Está tan callado que puedo escuchar los ruidos de mi estómago. Un débil zumbido se escucha desde el comedor, así como unos gritos de las chanchas de juego, que están más distantes.

Pero esta parte de la escuela, a la que las alumnas por lo general no accedemos, está callada y desierta.

Conforme pasan los minutos, toda mi confianza se esfuma y empiezo a recordar cómo me sentía la primera vez que me senté en el gran salón, aterrorizada esperando a que la directora llegara.

Estoy asustada, sola, mal del estomago. Me equivoqué. No puedo hacer esto.

De pronto llama mi atención un movimiento al final del pasillo. De la nada, algo apareció en la esquina. La cara de una niña me sonríe maniáticamente. No es una cara real, es un dibujo, pegado a la punta de una regla. Es la caricatura de alguien con pelo largo y unos pasadores inconfundibles. La palabra "vamos" está escrita en la parte inferior.

¿Qué está pasando?

Aparece un dibujo más, justo debajo. Sólo que esta vez es una cara maliciosa y pecosa, de cabello parado. Tiene la palabra "equipo" escrita. Un tercer dibujo sale, es una cara sonriente, de cabello negro peinado en muchas pequeñas trenzas, porta el nombre "Ali".

Reconozco en los dibujos a mis amigas, empiezo a reír. En ese momento se abre una puerta detrás de mí y una voz anuncia —¡Adelante, Alice!, así que las tres caras sonrientes se desvanecen en un santiamén.

Me levanto, respiro profundo y entro al santuario de la señora Shepherd. Ya no estoy sola ni asustada. ¿Cómo podría estarlo si me respalda mi club? Hago exactamente lo que me dijo la señorita Webb y no entro en detalles, definitivamente no entro en los detalles.

Funciona, la directora Sheperd dice que sí.

🗝 Capítulo 26

Después de eso, no hay tiempo que perder, los preparativos para el desfile de modas comienzan de inmediato. Lo primero que quiero hacer es reunir a las chicas del club de los secretos con Austen, así que los invito a todos a mi casa el sábado. Dani explica de inmediato que no puede venir. No me sorprende, la moda no es para nada lo suyo.

Aunque de todos modos pienso que, si somos el club de los secretos, podría hacer un esfuerzo.

Tash dice que hará lo posible. Pero el sábado en la tarde llama en el último minuto para decir que no podrá venir y, aunque suena en verdad contrariada, me siento defraudada.

—¡Típico!— concluye Lissa.

Yo sólo espero que no se vaya a poner de malas conmigo. En eso llega Austen, los presento y pronto empiezan a entenderse muy bien.

Subimos a mi cuarto y Austen nos describe su proyecto.

—Necesitamos comercios sustentables,— informa —para darle la bienvenida a la gente. Los ayudará a entender de qué se trata el desfile.

—¿A qué te refieres?— pregunta Lissa.

—Puestos que vendan cosas recicladas, como pantalones viejos convertidos en shorts....

—¡Genial!— exclama Lissa, con los ojos brillantes. —También podríamos vender collares hechos con botones. Son súper fáciles de hacer y se ven fantásticos.

—¡Claro!— afirma Austen, y se ponen a lanzar ideas para los puestos como si estuvieran en una chancha de tenis.

Al final, los dejo seguir y bajo a buscar algo para beber. Entonces llega Nikki para recoger su correo y aprovecho la oportunidad para que me comparta sus ideas.

Con papá viendo a los Piratas y mamá de compras, tengo toda su atención.

Ella es increíble, de verdad, increíble. Tomo notas.

—No tengo ni idea de todo lo que significa crear un desfile de modas, admito mientras garabateo a toda prisa.

—¡Ni lo digas!— su voz está llena de orgullo. —La gente cree que nada más se trata de cabezas huecas caminando con arrogancia para mostrar ropa en una pasarela. No piensan en la música, en la puesta en escena, los trajes, el maquillaje ni en los asientos. Además, tienes que considerar cosas como el ángulo, la narrativa, el carácter y la interpretación...

Sigo escribiendo mientras Nikki continúa explicando cómo funciona el mundo de la moda, usando palabras que yo ni siquiera sabía que existían. Tash no sabe de lo que se pierde.

Debo decir que mi hermana realmente conoce su negocio. La admiración que siento por ella crece a cada minuto. Siempre he pensado que, ante todo, Nikki es extraordinaria en muchas cosas, pero hasta ahora no sabía lo bien que hace su trabajo. Me gustaría que papá estuviera aquí para verla tan animada, tan apasionada, tan profesional...

Debería estar orgulloso de lo que es, debería estarlo gritando a los cuatro vientos. Yo también debería.

Llego el momento de presentarla a mis nuevas amigas. Debí de hacerlo hace mucho.

—Sube para que te presente a Lissa— le propongo.

—No puedo, me tengo que ir. Trabajo esta noche.

—Gracias por todo— le digo con sinceridad. —No te voy a defraudar.

Nikki abre completamente sus ojos y sus brazos me rodean en un abrazo suave, esponjoso y perfumado.

—Claro que no, tontita... Entre tú, Greg, Planetín Penberthy y yo, vamos a hacer de este desfile un éxito.

El lunes en la escuela nos enfocamos en el trabajo. Lo que empezó como una simple idea se está convirtiendo en algo que crece y crece.

Todas las del grupo se involucran: las Barbies, las profes; Tash, que está en su elemento; hasta Dani, que odia las cosas de niñas.

En el transcurso de la semana siguiente todas asaltan los guardarropas y los desvanes de sus mamás, el salón empieza a parecer el ejército de salvación. Por eso la señorita Webb consigue algunos percheros y espejos del departamento de textiles. Chantelle trae un montón de ganchos porque su mamá trabaja en una tintorería, así que colgamos todo. Entonces el salón parece una tienda, en las rebajas después de Navidad.

La señorita Webb está muy contenta con todas. Dice que ha sido un ejercicio que nos ha acercado.

Yo estoy en medio, dirigiendo las operaciones.

Nunca podría haberlo hecho yo sola, aunque aquí nadie sabe cuán involucrada ha estado Nikki en la planeación. Las mejores ideas han sido las suyas y las de Greg.

Bueno, la señorita Webb sabe... ella comparte mi secreto.

Un día antes del espectáculo, el señor Mc Adam, el conserje, construye una pasarela que va del escenario al extremo del gran salón. Pasamos toda la tarde practicando en ella. Tash se siente en las nubes. Más tarde, le muestro al señor Mc Adam como quiero que acomode las sillas y todo el mundo ayuda.

—¿Por qué sabes tanto de desfiles de moda, Alice?— pregunta Georgia.

—Estuve en uno antes.

Me mira con respeto

—¿Con quién?

—Con mi hermana.

—¿Está en el mundo de la moda?— indaga Zadie.

—Sí— respiro profundo. —Es modelo.

—¡Nunca lo dijiste!

Tash sacude la cabeza sorprendida, al tiempo que la señorita Webb me advierte con la mirada.

—¿Cómo se llama?— pregunta Chantelle.

Todas se me quedan viendo y estoy a punto de soltarlo todo, cuando la señorita Webb responde:

—Nikki Grimes.

—Nunca había escuchado sobre ella— menciona Zadie...

Tash parece ofendida porque nunca le conté que mi hermana es modelo.

Me siento mal, pero un minuto después suena la campana y Tash sale volando como siempre, así que dejo de torturarme por eso.

Muy pronto todo el mundo va a saber la verdad.

Capítulo 27

¡Hoy es la noche!

Nos encontramos en el escenario detrás de las cortinas, con nuestros atuendos. Estamos completamente irreconocibles. Estoy tan nerviosa, igual que todo el mundo.

El salón está a reventar. Todas las entradas se vendieron, pero sigue llegando gente, intentando comprar boletos en la puerta.

Del otro lado de la cortina, en el gran salón, muchas cosas ocurren.

Una gran pantalla está colgada en uno de los costados del escenario, donde aparecen y desaparecen palabras.

Ahí dentro se encuentra el resto de nuestra generación, en el acto de apertura, aplaudiendo, bailando y vocalizando al unísono.

De pronto empiezan a entonar en voz alta las palabras de la pantalla y el salón vibra con cientos de voces.

¡MC!

Moda con conciencia.

Moda con misión.

Moda sin gastar.

¡MC!

Moda para el futuro.

Moda sin derrochar.

La gente se ríe y toma sus asientos, sumándose a los aplausos.

—¡Cielos!— grita Dani, espiando entre las cortinas. —¿Ya vieron cuánta gente hay afuera?

—Deja en paz esa cortina, Danielle— pide la señorita Webb.

Dani la suelta como si fuera una papa caliente. Pero cuando la maestra sale no puedo evitar echar un vistazo.

El gran salón está transformado. Todas trajimos las plantas con las macetas más grandes que teníamos en casa; las flores cortadas estaban prohibidas. Tash se preocupó porque no tenía ninguna, pero yo le di una de las mías. La señora Hamilton fue a comprar muchísimas, lo cual no era la idea; aunque debo admitir que se ven bien.

Casi todos los asientos están ocupados, pero aún hay muchas personas que siguen dando vueltas alrededor de los pequeños comercios, que son atendidos por las niñas de otros grados, quienes nos ayudaron con los preparativos para la gran noche.

Uno de los más populares es el de la joyería renovada, a cargo del grupo MF, donde los collares, brazaletes y aretes que ya nadie quería fueron reciclados para hacer creaciones nuevas y hermosas. Los collares de botones de Lissa también se exhiben ahí. Su mamá hizo montones y, aparentemente, se están vendiendo como pan caliente.

Otro comercio popular es el de teñido, donde están las playeras viejas que renacieron con toques brillantes de color. Austen está mostrando cómo se hace, le dieron un permiso especial para que pudiera venir y ayudarnos, pues la mayor parte de las ideas para los comercios son suyas.

Me costó reconocerlo cuando llegó. Se rasuró la cabeza, le queda muy bien, y se puso una playera negra con morado. Todas querían saber inmediatamente quién era, así que tuve que presentarlo. En este momento, gran cantidad de chicas están paradas alrededor, admirando su talento.

Hay otra demostración en el puesto "Corte y confección", donde chicas del último grado le muestran a padres, hermanos, abuelos y directivas de la escuela cómo convertir un viejo par de pantalones en shorts o en pescadores.

A un lado, "Bolsas recicladas" vende bolsas hechas con vestidos de playa, mientras que enfrente se venden con éxito faldas hechas con pantalones de mezclilla usados. En el puesto "Piernas cálidas", la gente compra calentadores hechos con medias y calcetines, como si se fuera a acabar el mundo.

Incluso el departamento de ciencia creó champús para que el pelo brille, hechos con limón y vinagre, mascarillas de pepino y clara de huevo, así como almohadillas desinflamantes para los ojos, hechas con bolsas de té.

Puedo ver a mamá y papá en medio, en la primera fila. ¡Bien hecho mamá!, por haber arrastrado a papá aquí.

—Lleguen temprano— fue lo último que les dije antes de salir de casa esta mañana. —Asegúrense de conseguir un buen lugar.

—¿Para qué quiero ir a un maldito desfile de modas?— esuché a papá quejándose.

A lo que mamá respondió: —¡Colin vas a ir! Punto final.

Supe que se aseguraría de que estuviera presente.

Nikki y Greg están en camino. Pero todavía no deben llegar, no pueden aparecer antes de que el espectáculo empiece. No quiero que nadie los vea.

—¿Está ahí mi mamá?— pregunta Lissa, en voz baja.

Miro alrededor hasta que la localizo abriéndose paso entre la gente en busca de un asiento libre. ¡Ay, no!, ¡está justo detrás de mis padres!

Se sienta y sonríe cortésmente a la gente que está a ambos lados de ella. Mamá voltea a ver y la señora Hamilton le sonríe cortésmente a ella también. Papá voltea y su sonrisa se congela.

Yo trago saliva.

—Sí, en la segunda fila. Detrás de mi papá.

—¡Oh, oh!

—¿Y la mía?— Pregunta alguien.

—¿Viste a mis padres?

—¿Puedes fijarte si ya llegaron mis abuelos?

La gente empieza a pedirme que me fije si ya llegaron sus familiares, pero la señorita Webb dice:

—¡Shhh!, Alice aléjate de esa cortina. Estamos a punto de empezar.

Los últimos asientos se ocupan. Yo estoy aquí, temblando de emoción, esperando para salir. Al tiempo que las luces se apagan, siento un tirón en la manga.

—Ali, ¿por qué no me dijiste que tu hermana es modelo?— me pregunta Tash.

—¡Es complicado!— le respondo.

Ella se ve cabizbaja, entonces le digo:

—Te cuento más tarde, te lo prometo. —Y su cara se ilumina.

—¡Alice Grimes deja de hablar!— me reprende la señorita Webb, así que cierro la boca.

Al tiempo que la música empieza a sonar a todo volumen, ella toma el micrófono y se aclara la garganta. También está nerviosa. Es la presentadora esta noche.

—¡Rómpase una pierna, maestra!— susurro.

—¡Rómpete una pierna, Alice!— me susurra a su vez. Luego me guiñe el ojo y avanza por la abertura de la cortina.

Capítulo 28

Una tras otra, avanzamos por la pasarela entre nubes de humo y hielo seco. A pesar de la música disonante y melancólica puedo oír al auditorio jadear.

El tema es post-apocalíptico, idea de Greg y coreografía de Nikki.

Destruimos al planeta y ahora nos toca sobrevivir. Está terriblemente frío y nuestra ropa lo refleja. Estamos abrigados con pantalones, suéteres, abrigos, botas, guantes, bufandas, sombreros y capuchas. Quienes tienen las cabezas descubiertas, tienen el cabello despeinado y revuelto. Utilizamos ropa vieja y roída. Nuestras caras están pálidas. Nuestro aspecto es lúgubre, deprimente y salvaje.

Giramos, nos dispersamos, nos detenemos, posamos, establecemos contacto visual con la audiencia. Sentimos cómo se echan atrás cuando los vemos.

Esto no se lo esperaban.

Entrené bien a las chicas, justo como me dijo Nikki:

—Trabaja a los espectadores,— me instruyó. —Haz que sientan tu odio. Son responsables de la destrucción de tu planeta.

Nuestras miradas hostiles y nuestras caras blancas y grises los acusan. "Ustedes nos hicieron esto, es su culpa."

La voz de la señorita Webb suena hueca mientras describe nuestro mundo, aunque las palabras no son necesarias. Estoy segura de que entienden por el silencio estupefacto.

Algunas de nosotras salimos del escenario para cambiarnos, mientras que el resto sigue desfilando, mirando fijamente a los espectadores.

Me enfundo en un pantalón de mezclilla recortado, una playera blanca, una anaranjada encima, que corté en forma irregular, y un pañuelo azul con negro que hice con una blusa que ya no me quedaba.

Luego le subo el cierre al vestido de noche, color rosa pálido y de los noventa, de Tash, era de su mamá.

—Este color combina súper bien con tu piel oscura— le digo, y ella sonríe.

—Suenas como una verdadera experta, Ali.

—Sí, ¿verdad?

Me he sorprendido a mí misma y he aprendido mucho organizando este evento.

—¿Viste sus caras?— pregunta Tash.

La música estridente se detiene abruptamente, una suave melodía la reemplaza. Todas se apartan del escenario y se quitan la ropa desaliñada para ponerse trajes que cada quien recicló. Al otro lado de las cortinas puedo oír la voz de la señorita Webb subir y bajar:

—El consumismo, la proliferación de ropa barata y las prácticas excesivas en la industria de la moda están contribuyendo a la destrucción de nuestro planeta. Desafortunadamente nosotros estamos cooperando por la forma en que compramos. Pero no tiene que ser así. Las niñas del grupo WL se complacen en presentarles su marca: MC ¡hecha enteramente con ropa reciclada!

—¡Nuestro turno!— le digo a Tash y hago la cortina a un lado, al tiempo que irrumpimos en la pasarela.

—Alice está usando un traje que diseñó con un pantalón de mezclilla usado y algunas blusas pasadas de moda. Con inventiva y la ayuda de tijeras, aguja y algodón, creó el *look* más sexy de la temporada.

La señorita Webb se detiene mientras yo doy vueltas frente a los espectadores, quienes, titubeantes al principio, aplauden amablemente. Pero Austen demuestra su aprecio con un alarido; yo sonrío complacida, todos ríen y aplauden más fuerte.

—Tasheika eligió un look de los noventa, muy a la moda, lleva un vestido que rescató de la bodega de su mamá y personalizó ella misma. Creo que coincidirán conmigo en que se ve impactante. Gracias Alice y Tasheika.

Regresamos por la pasarela y damos una última vuelta antes de desaparecer del escenario, nos aplauden con entusiasmo. Lissa y Dani nos reemplazan de inmediato.

—Otro vestido de una mamá vuelve a salir del closet— menciona la señorita Webb.

Lissa se ve sensacional esta noche con un vestido de seda negro entallado, que al parecer perteneció a su mamá en los ochenta, y que combinó acertadamente con unas botas Doctor Martens.

Por la expresión de sorpresa de su mamá estoy segura de que no tenía ni idea de lo que su hija iba a usar esta noche. Entonces alguno de los espectadores dice:

—¡Muy lindo!

La señora Hamilton sonríe orgullosa.

—Dani muestra un par de Levis retro, una playera de rayas y el saco negro de su papá— prosigue la señorita Webb.

Dani trae el cabello alborotado con aerosol, además de que Tash le pintó las pestañas superiores e inferiores de su ojo derecho.

—¡La primera y la última vez en mi vida que me maquillo! —protestó.

Aunque el efecto es impactante.

Ella desearía que su papá estuviera aquí para verla con su saco. Aunque su mamá y su hermana están presentes. Sin embargo, nadie vino a ver a Tash...

No tengo tiempo para pensar en eso.

Todo está saliendo estupendamente. Una tras otra, cada una de las integrantes de mi grupo sale a la pasarela para exhibir su propuesta y el nivel de los aplausos y la emoción es cada vez más grande. Tras bambalinas sonreímos satisfechas y nos abrazamos complacidas.

Todos: modelos, maestras, ayudantes, espectadores, nos la estamos pasando muy bien.

Pero lo mejor está por llegar... Nadie sabe de la siguiente parte del espectáculo, sólo la señorita Webb y yo.

Una vez que cada quien hizo su parte, nos reunimos todas en el escenario, todos se levantan y nos aplauden. Entonces la señorita Webb retoma el micrófono y le pide a la audiencia que regrese a sus asientos y a las modelos que se sienten al borde del escenario. Todas mis compañeras se ríen y conversan mientras hacemos lo que nos pide. Por dentro, tiemblo como una gelatina.

—Ahora tengo una sorpresa para todos ustedes— dice la señorita Webb cuando hay silencio otra vez. —Esta noche nos acompaña alguien que conoce tanto el glamour como los peligros de la industria de la moda mejor que nadie. Una joven que está en lo más alto de su profesión, pero que también está preocupada por los aspectos éticos.

—¿De quién habla?— pregunta Tash.

—¿Qué está pasando?— añade Lissa.

—¿Quién es?— dice Dani.

—Alguien que está orgullosa de apoyar a MC. Damas y caballeros, esta noche me complace darle la bienvenida a la Academia Riverside a la fantástica, la increíble...

Se detiene para mantener el suspenso. En el escenario, cada vez se siente más emoción entre mis compañeras, mientras estamos sentadas como pájaros en un alambre.

—¡Alana de Silva!

Por un momento la sorpresa los deja callados. Tash está con la boca abierta y su cara está completamente inexpresiva, como si se hubiera quedado pasmada. Luego, con un despliegue de destellos de luz, fuegos artificiales y música a todo volumen, camina por el escenario la modelo más rebelde, influyente e ingeniosa del momento: Alana de Silva.

También conocida como Nikki Grimes, mi hermana.

🔑 Capítulo 29

—**Lo que no entiendo** es por qué no nos dijiste desde un principio que tu hermana es Alana de Silva,— cuestiona Tash —si fuera mi hermana yo estaría gritándolo a los cuatro vientos.

Es la mañana después del desfile de modas y el club de los secretos está reunido en un café en el centro de la ciudad. Es la primera vez que estamos las cuatro juntas y es tan emocionante. Teníamos tantas cosas que decir, que no hemos parado de hablar. Pero las palabras de Tash hacen que me quede callada.

—¿Te daba vergüenza?— me pregunta Dani.

—¡Dani, qué cosas se te ocurren!— dice Tash.

Trato de responder honestamente:

—¡No, avergonzada, no!

—¿Incómoda?— insiste.

—¡No, claro que no!— añado en mi defensa.

Pero Dani parece escéptica. Nadie me cree.

—Dijimos que sin secretos, ¿recuerdas? Me aclara Lissa.

Respiro profundo. Les debo a mis amigas ser honesta. Necesito intentarlo, explicarles sinceramente (y a mí misma) por qué mantuve la identidad de mi hermana en secreto.

—No me avergüenzo de Nikki...

—¡Espero que no!— exclama Tash.

—Pero si un poco de Alana de Silva— admito.

—¿Por qué?, si es una estrella, es la persona más guapa del mundo, es tan talentosa, es...

—Tash, cállate y deja que Alice nos explique.

—Sé que es buena en lo que hace, aunque hasta recientemente comprendí lo buena que es. Estoy orgullosa de ella, claro que sí. Pero la industria de la moda... No estoy de acuerdo con ella, ya saben cómo soy. Todo ese desperdicio. Toda esa explotación... mi voz se va apagando.

—Es más que eso, ¿no es así?— apunta Lissa y asiento.

¿Quién hubiera pensado que Lissa podía ser tan comprensiva? Supongo que nos conocimos mejor organizando el evento. Y aunque le oculté lo del final sorpresa, no se enojó conmigo. Todas esperan pacientes a que yo me anime a continuar.

—Siempre aparecía en las noticias por las razones equivocadas. Por haberse caído borracha o pelearse. Y Nik realmente no es así...

Mi papá odia todo ese asunto de la celebridad, aunque desde anoche ya no estoy tan segura. Vi su mirada mientras ella estaba en la pasarela. Nadie podría haberse lucido más orgulloso que él cuando Nikki cautivo a todos. Creo que, por primera, vez vio lo profesional que es...y yo también.

Continuo, mostrando mi alma a la inspección de mis amigas.

—¿Saben?, esa imagen de chica mala no es realmente ella. Ella es agradable, amable y divertida. Me parece que la fama y la moda se le subieron a la cabeza al principio, y no supo cómo manejarlo. Todo pasó tan rápido. Pero no es tan mala como parece. Los medios inventan.

—Siempre hacen eso— asegura Tash, que lee todas esas revistas de espectáculos y sabe de estas cosas.

—Y ahora que está con Greg, quiero decir Titch, se ha calmado bastante.

—¡Ay, Titch!, los ojos de todas se ven soñadores, hasta los de Dani.

Titch Mooney: el delantero guapísimo, alto y moreno, de los Fugitivos de West Park, el preferido de todas las mujeres, alias Greg Mooney, el novio de Nikki.

La prensa nunca lo llama por su verdadero nombre. Siempre se refieren a él como Titch, que significa "enano" porque es tan grande.

Eso se llama ironía. Como cuando papá me llama "problema" y "ángel" a Nikki.

—Tash, te equivocaste cuando dijiste que Alana de Silva es la persona más guapa del mundo— señala Dani, sonriendo de oreja a oreja. —Titch es igual de guapo, lo sé ahora que lo conozco en persona.

Todas empezamos a reír cuando nos acordamos de anoche.

Cuando los espectadores se recuperaron del shock de haber visto a Alana de Silva apoyar la marca MC en la pasarela de la Academia Riverside, yo todavía tenía otra sorpresa preparada para ellos...

Otro grupo de gente había hecho su aparición en el escenario, gente que tiene incluso más derecho que nosotros a usar la marca MC: el club de futbol Fugitivos de West Park.

Convencidos por su capitán, Titch Mooney, todo el equipo apartó el viernes en la noche para venir a nuestra escuela y ayudarnos a recaudar dinero. Todos gritaron cuando aparecieron en la pasarela. Se despojaron de los pants. Greg y yo conseguimos que usaran calzoncillos ecológicos, sustentables, de bambú y cáñamo orgánicos.

—¿Vieron la cara de mi mamá?— mascula Lissa.

Y yo grito:

—¿Vieron la cara de mi papá?

Luego todas empezamos a hablar atropelladamente al mismo tiempo.

—¿Qué tal la señora Shepherd?

—Creí que iba a caer desmayada.

—O que le iba a dar un ataque.

—Pero entonces todos los espectadores se pusieron de pie...

—Hasta mi papá, sigue en shock.

—Y todos aplaudían y gritaban...

—Así que ella se levantó y se les unió— balbucea Tash.

Y todas nos reímos a carcajadas, al tiempo que la gente del café se nos queda viendo, pero no me importa.

—¡Fue genial!— aclama Lissa.

—¡Impresionante!— admite Dani.

—¡Qué manera de terminar una noche tan increíble!— declara Tash.

¡Ay! Cuatro personas felices suspiran llenas de satisfacción y después hay silencio.

Entonces Lissa dice:

—Todo gracias a ti, Ali.

—No fui sólo yo.— protesto. —Tú, Austen, Nikki y Greg...

—No. Fuiste tú,— insiste, generosa. —Tú y tu hermana fueron los cerebros detrás de esto.

—Es verdad,— dice Tash. —Tu papá debe estar muy orgulloso de sus chicas Grimes.

Trato de verme modesta, pero no puedo evitar sonreír de oreja a oreja. Porque sí lo está.

Me pongo de pie.

—¡Estoy orgullosa de ser parte de del club de los secretos!, ¡vengan aquí todas! Extiendo los brazos para abrazar a mis amigas y las aprieto fuerte.

Ahí juntas nos hacemos una promesa solemne:

¡No más secretos!

Cosas que nunca olvidaré de anoche:

- El gran salón de la Academia Riverside transformado en el evento de moda más reluciente del año y con un elenco estelar.
- Austen, tiñendo playeras, rodeado por una multitud de admiradoras, sin lucir para nada ñoño.

- La cara de Tash cuando Alana de Silva salió al escenario.
- La sorpresa que se llevó la señora Shepherd cuando los Fugitivos salieron al escenario.
- Lissa y Tash verdaderamente glamorosas en los vestidos de sus mamás.
- La masculina Dani, que lucía elegante y sexy.
- La señorita Webb, linda y sonrojada. Sin parecer en lo absoluto una maestra, rodeada de hombres en calzoncillos.
- Mi papá volteando a ver a la señora Hamilton para decirle: —Alana de Silva, esa es mi hija.
- La señora Hamilton con la mirada impresionada.
- Nikki, sobre el escenario diciendo al final: —Mi hermanita, Alice Grimes, hizo todo esto. ¡Ella es mucho más genial que yo!
- Yo, abrazando a mi hermana, y todos aplaudiendo, gritando y haciendo ruido con los pies.
- Las Barbies viéndome verdes de envidia.
- Y, lo mejor de todo, el club de los secretos reunido en el escenario, Alana y Titch bailando con nosotros, así como todos los espectadores de pie y pasándola bien.